NIETS IS ZO MOOI
ALS NUTTELOZE KENNIS

A.L. SNIJDERS

NIETS IS ZO MOOI ALS NUTTELOZE KENNIS

BERICHTEN AAN EEN HOOFDREDACTEUR

DEEL IV

THOMAS RAP—STAALSTRAAT 10—AMSTERDAM

KLOOTZAK

Een oproep in mijn postvakje. Ik word uitgenodigd mee te doen aan een samenwerkingsdag. Enkele verontruste medewerkers van de politieschool vinden dat wij elkaar niet goed kennen, zij gaan ons aaneensmeden. Ik monkel, het zal wel weer op sport uitdraaien. Maar mijn kamergenoot zegt dat ik niet moet zeuren, hij vult mijn naam in en vervalst mijn handtekening, ik sta op de lijst, ik doe mee. De leerlingen hebben vrij, de administratie is bezet, de civiele dienst moet werken, maar de afdeling onderwijs groepeert zich in een uitspanning.

Tegen de regenverwachtingen van Erwin Kroll in schijnt er een dunne, waterige zon en over bos en veld hangen nevelflarden. Er zijn vier ploegen, die vier opdrachten moeten vervullen, twee 's morgens, twee 's middags. Ik zit in ploeg twee, bestaande uit drie politiemannen en drie burgers. (Dat er op mijn werk een onderscheid wordt gemaakt tussen politie en burger heb ik vanuit het oogpunt van democratie altijd bedenkelijk gevonden. Een politieman is een burger met speciale bevoegdheden, met de nadruk op burger en niet op speciaal. Maar omdat ik geen taaie vechter ben, meer een berustende opportunist, doe ik er zelf aan mee. Ik koester het onderscheid zelfs.)

Bij de eerste opdracht hebben we zwarte brillen op en schuifelen als middeleeuwse blinden—handen op de schouders van de voorganger—door het landschap. We mogen het contact niet verliezen en wringen ons als een menselijke rups onder obstakels door, hangen hulpeloos in de lucht als we een grote wip moeten beklimmen, en begeven ons op een slingerende loopbrug die door ons gewicht gedeeltelijk onder water verdwijnt.

Bij deze opdracht hoort ook het zagen van een eik. We mogen de brillen even afdoen en moeten dan in tien minuten met een grote trekzaag zoveel mogelijk plakken van de stam zagen.

Het is 1944, hongerwinter, ik ben zeven jaar en zaag met mijn vader in het Beatrixpark in Amsterdam een boom om, met eenzelfde trekzaag. Mijn vader zegt: 'Trekken, alleen maar trekken, als je duwt slaat er een bocht in het blad.' Ik heb steenkoude handen en ik huil, een klein verdriet, waarschijnlijk niet genoeg om mijn anti-Duitse gevoelens te verklaren, hoewel je nooit weet op welke plaats precies een bron begint te vloeien. Maar ik weet dus al geruime tijd waarom een trekzaag een trekzaag heet. Wij vormen wel een democratisch ploegje, want de twee vrouwen—het meisje van het stafbureau en de dame die sociale vaardigheden doceert—zagen lustig mee. Als we later de onthullende videobeelden van de dag bekijken, zien we dat een andere ploeg (de winnende) verbeten en fanatiek de mannelijke politiespieren laat werken, terwijl een vrouw die een aarzelende, verlangende beweging naar de zaag maakt, onbarmhartig en vooral vanzelfsprekend terzijde wordt geschoven. Misschien toch wel heel nuttig, zo'n samenwerkingsdag. Ook ikzelf steek er heel wat van op, want tijdens de tweede opdracht, een boswandeling met intellectuele opdrachten, kunnen we rustig met elkaar praten. Ik weet nu dat het meisje van het stafbureau vrienden in Londen heeft en dat de sociaal vaardige dame een uil op zolder heeft gehad die onheilspellend fladderde en waarvoor ze een beetje bang was. Deze kleine verhalen zijn aan mij besteed, vooral een detail als 'ons huis heeft een zadeldak' geeft me te denken; een uil onder een zadeldak.

Van een andere orde is de mededeling van mijn kamergenoot, met wie ik een innige, dagelijkse werkverhouding heb. Onze bureaus zijn aaneengeschoven, we spreken elkaar iedere dag en kennen elkaars humeur. Terwijl we kalm tussen de beuken wandelen, vertrouwt hij me toe dat hij me eigenlijk een klootzak vindt. Dat is toch prachtig, dat is werkelijk een gouden initiatief, zo'n dag, je hoort nog eens wat, en als je al dacht dat de wereld en de verhouding tussen de mensen begrijpelijk en overzichtelijk was, dan kun je in zo'n vriendelijk bos van dat idee verlost worden. Ik ga er

natuurlijk niet op in, mijn ervaring is dat wroeten alles erger maakt, en wij hebben een prima verhouding die moet blijven zoals zij is.
's Middags moeten we op een vlot de Berkel oversteken, waarbij ik met een peddel de sociaal vaardige dame in het gezicht sla. Ze hoeft niet naar de dokter en neemt het me—voorzover te controleren—niet kwalijk, het gebeurde uit enthousiasme. Bij de laatste opdracht zitten we op ATB-fietsjes met achttien versnellingen. We fietsen een uur met grote snelheid over rulle zandwegen en modderige zandpaden. Het laatste stuk is macadam. De begeleidende sportleraar komt naast me rijden, zijn neusvleugels trillen. 'Wedstrijdje, Snijders?' Ik zet snel aan, maar wordt al na vijf meter gepasseerd. In een ogenblik ontstaat er een gat van veertig meter. Alle politiemannen gaan me vlot voorbij, en zelfs het meisje van het stafbureau heeft geen moeite met me. Haar blonde paardenstaart wipt door de waas voor mijn ogen. Ik probeer haar in te halen, krijg mijn wiel langszij, maar zij lacht, versnelt en loopt spelenderwijs van me weg.
Later vraag ik aan een sportleraar die in zijn vrije tijd vooral allochtone vechtersbaasjes onder zijn hoede heeft, of er een excuus te vinden is in het feit dat ik vijfentwintig jaar ouder ben dan het meisje van het stafbureau. Hij schudt zijn hoofd: 'Een man mag nooit verliezen van een vrouw.' Dat is nog eens een overzichtelijk wereldbeeld.
's Avonds bij de barbecue is de prijsuitreiking. Onze groep is laatste, het zal mijn schuld wel weer zijn. Maar ook in andere groepen is pijn. De adjunct-directeur roept: 'Maar wij hebben ons vrouwelijk zaaglid wel degelijk de ruimte gegeven.' Dat vind ik een mooie afsluiting, 'vrouwelijk zaaglid'. Hij is ook degene die op vergaderingen zonder blikken of blozen over 'bemensen' praat in plaats van 'bemannen'.
Onze school is werkelijk een afspiegeling van de samenleving.
ATB-fiets is een tautologisch woord. B = bike, dus er staat: een fietsfiets voor alle terreinen. Misschien moeten we er terreinfiets van maken.

Geachte heer Van der Moer,
Enige dagen geleden ontving ik een brief van meneer Henk van Hoorn, chef Aktuele Programma's van de NOS. Hij bedankte me met twee boekenbonnen van f 25,- omdat ik aan een radioprogramma had meegedaan.
Ik ging naar de boekhandel en bladerde in de pocket-editie van Konstantin Paustovsky's *Verre jaren*. Ik las de eerste zin: 'Ik zat in de hoogste klas van het Kijever gymnasium toen ik een telegram kreeg met de mededeling dat mijn vader op ons landgoed Gorodisjtsje bij Belaja Tserkov op sterven lag.' Omdat deze zin de geur had van gebakken brood op een zomermorgen in Madrid (35 jaar geleden was ik in een studentenhotel in Madrid en daar rook het 's morgens naar vers gebakken brood), besloot ik het boek te kopen. Midden op de eerste bladzijde zag ik: 'Het was eind maart. Het motregende. De naakte populieren stonden in mist gehuld.'
Dergelijke zinnen zijn wel degelijk aan mij besteed, hoewel strenge literatuurkenners in mijn omgeving van mening zijn dat natuurbeschrijving een teken van onmacht is en dus uit den boze. Meningen, mijn hele leven heb ik last van de meningen van andere mensen. Mensen met meningen worden hoog aangeslagen, terwijl er geen hoger doel bereikt kan worden dan meningloos te zijn—dat is namelijk praktisch onbereikbaar.

In het studentenhotel in Madrid, in de wijk waar het 's morgens rook naar vers brood, ovenvuur, lente, nieuwe dag, hoop, jeugd en dus eeuwig leven, logeerde ook een groepje *pieds noirs*, zonen van blanke kolonisten in Algerije. Ze waren gekleed in zwart leer en als ik ze zag in de eetzaal, was ik vervuld van vrees. Ik praatte weleens met de leider, maar hij was verveeld, niet in mij geïnteresseerd en hij keek over mijn schouder naar andere mensen terwijl ik met hem sprak. Dat veranderde toen hij hoorde dat ik een Spaans vriendinnetje had. In die strenge Franco-tijd gold dat als iets onmogelijks. Ik was de leren brigade spelenderwijs voorbijgegaan! Het spreekt vanzelf dat ik ze niets vertelde over de aard van de verhouding (bijvoorbeeld hoe wij in de gaten werden gehouden door haar broer, die zeeman was geweest).

Misschien heeft de geur van vers brood niet zoveel te maken met de herinnering aan deze onvolmaakte liefde, als wel met mijn overwinning op de angstaanjagende Franse bendeleider (die een keer openlijk zijn bewondering uitsprak toen ik het meisje meenam naar het hotel).
Ze hield van popmuziek & voetbal en verafschuwde het Spaanse Volendam: stierenvechten en flamencodansen. Ik hield van Vestdijk en Mahler, dus U begrijpt wel hoe het is afgelopen.
Ik begrijp überhaupt niet dat het in de liefde goed kan gaan. Het is een situatie die erg veel basale aanpassing vergt en hoe moet je die bereiken?

In bovenstaand stukje—KLOOTZAK—komt natuurbeschrijving voor: er schijnt een dunne, waterige zon en over bos en veld hangen nevelflarden. Een halve waarheid, dat van de zon klopt wel, maar die nevelflarden hingen er op een andere dag. Het is een compositie. Ik begrijp niet dat niet iedereen schrijft, je kunt van alles verzinnen zonder uitleg. Het is werkelijk een mooie bezigheid.

Vr,
vleugeladjudant

OORLOG

De eerste drie jaar van mijn leven mocht ik naar zee, de volgende vijf niet. Er bestaan kleurenfoto's van me in Zandvoort en Bergen, er zijn foto's van me op een lang, houten strandplankier op Texel. Ik kan me van die eerste drie jaren nauwelijks iets herinneren, van de vijf volgende iets meer. Ik zal wel zachtjes gezeurd hebben waarom we nooit meer naar zee gingen en mijn moeder zal wel iets over de Duitsers verteld hebben. Zo zal het wel gegaan zijn.

Na de oorlog werden we voortdurend gewaarschuwd niet in de bunkers te spelen, want er kon een deur achter je in het slot vallen die niet meer open te krijgen was, en dan zou je verhongeren en verdorsten en verschrikkelijk eenzaam en angstig sterven.

'Maar jullie zouden me toch zoeken en mijn geschreeuw en gebonk en gehuil horen?'

'Nee, vanuit zo'n bunker dringt geen geluid naar buiten door.'

Toch speelden we vaak in bunkers, in die gore sfeer van pis en stront en regenwater, en die fatale deur is nooit dichtgevallen, anders zou u deze woorden nu niet lezen. De oorlog en na-de-oorlog (wat voor mij heel lang min of meer hetzelfde is gebleven) is: duinen, prikkeldraad, bunkers, stille donkerblauwe zee en strakke zonnige hemel.

In het Nederland van nu is daar bijna niets meer van te vinden, maar in Frankrijk is die oorlog nog dichterbij.

Ik sta op een kleine camping in Escalles, aan de voet van Cap Blanc Nez. Boven mijn hoofd een strakke zonnige hemel, in de verte een stille donkerblauwe zee, en overal om me heen bunkers. Ik ga naar binnen en kijk door de spleet waar vijftig jaar geleden de kanonsloop door loerde. Aan de overkant van het Nauw van Calais ligt Engeland, een flinke krijtstreep aan de horizon, niet eens zo ver weg, aan te raken door een grote hand. Ik leun tegen de muur, zo is het dus geweest, ik ben drieëntwintig jaar, geboren in 1920 in Bremen en nu artillerist in het grote leger dat me een wereld heeft beloofd bevrijd van het internationale jodenkapitaal, ik leun tegen de muur en ik tuur door mijn kijker naar Engeland. Als ik afgelost word, lig ik in het duin, mijn uniformjas onder mijn hoofd, de zon schijnt hard naar beneden, ik word lekker bruin. Over drie weken ga ik met verlof, dan zal ik Lotte weer kussen en haar blonde vlechten aanraken. Wat is er eigenlijk tegen oorlog? Het is een goed verzorgde vakantie en je helpt de wereldgeschiedenis een handje.

Ik schaam me een beetje om het te erkennen, maar dat waren mijn gedachten in die bunker op Cap Blanc Nez. Niet zeer diepgaand, maar voor mij genoeg om te verklaren waarom al die jongens altijd maar weer de oorlog ingaan. (En natuurlijk niet denkend aan die kleine kans dat mijn Heinrich nu werkelijk drieënzeventig is—en áls hij het is, hoe hij zich dan zonder benen redt in zijn wagentje. Om maar te zwijgen over Lotte, die hij nooit terugzag, want Bremen is flink gebombardeerd, en het blok waar zij woonde bleek, toen hij met een cadeautje uit Calais haar straat inliep, een gapend gat met plassen water en verkoold hout.)

Op de volgende camping, Les Tilleuls (De Linden) is minder van de oorlog te merken. Hoewel, als ik in St. Valéry naar de namen op het oorlogsmonument kijk, zie ik er zeven uit één familie, waaronder twee vrouwen—voor wie de oorlog helemáál niet bedoeld is. Deze camping is doodstil, er staat één Nederlandse caravan en er is met enige moeite een tentje te ontdekken dat als een rups in het hoge gras ligt. Het onderkomen van iemand die op elke gram bagage moet letten, een fietser.

Het is een Engelse jongen en ik loer naar hem vanachter de gordijntjes. Ik weet niet precies waarom de mensen rondtrekken met een caravan achter hun auto, maar een van de redenen is zeker dat men naar elkaar kan loeren. Het is in ieder geval een van mijn redenen. Terwijl ik ademloos kijk naar het gedrag van de ander—en dus naar mijn eigen gedrag—sus ik mezelf met de constatering dat ik niet alleen kijk maar ook bekeken word, en dus niet alleen schuldig ben.

In het geval van de Engelse jongen is dat echter niet zo, er is eenrichtingsverkeer, ik kijk alleen. Gelukkig is het prachtig weer, want zijn tent is zo laag dat hij er alleen maar in kan liggen. Het eten moet dus buiten gebeuren. Hij eet koude dingen want een kooktoestel heeft hij niet bij zich. Wij hebben een fornuis en zijn aangesloten op het elektriciteitspaaltje; als de zon onder is, kruipt hij in zijn rups, terwijl wij nog uren kunnen lezen en warme koffie kunnen drinken.

De volgende morgen is het gelukkig ook nog goed weer, zodat hij geen natte spullen hoeft in te pakken. Ik kijk naar hem vanachter mijn raampje. Hij vouwt alles volgens een vast patroon op, en dat doet hij heel langzaam. Vaak staat hij wel tien minuten met een schuin hoofd te kijken naar wat hij gedaan heeft en dan maakt hij weer enkele bewegingen. Als zijn bagage tot zeer geringe proporties is teruggebracht en op de fiets bevestigd, kijkt hij peinzend naar de banden, daarna voelt hij even aan de ketting. Ten slotte zet hij een lichtgewicht helmpje op zijn hoofd en fietst heel langzaam naar de uitgang van de camping. Ik schat hem een jaar of drieëntwintig. Het is mogelijk dat er bij thuiskomst in Engeland een oproep voor hem ligt: Noord-Ierland, Bosnië, Cambodja, en ik hoop maar dat hij nee zal zeggen.

Geachte heer Van der Moer,

De pacifistische droom is een onmogelijke droom, omdat alle jongens, aan alle kanten van die verdomde grenzen tegelijkertijd *nee* moeten zeggen, en dat doen ze niet want hun afschuwelijke nationalisme is natuurlijk van een beter gehalte dan het nationalisme aan de andere kant. Maar nu en dan moet je als schrijver toch iets zeggen over de onbeschrijfelijke goorheid van iedere oorlog.

Op de terugweg uit Normandië reden we door een stuk Vlaanderen waar ik nog nooit geweest was: de omgeving van Ieper. Een lelijke streek met om de kilometer een keurig soldatenkerkhof, een aangeharkte generatie van twintigjarigen onder de grond, tienduizenden.
Zouden de kadetten van de KMA in het kader van hun opleiding weleens gaan kijken naar hun horizontale leeftijdgenoten?
Werkelijk, Ieper is één groot kerkhof.
U weet natuurlijk wat Tucholsky heeft geschreven over de moeder die het prachtig vindt dat haar zoon voor het vaderland gestorven is. Zou Tucholsky op de KMA gelezen worden? Ze gaan daar geloof ik prat op een gedegen en brede opleiding. Misschien kan ik daar leraar literatuur worden als de politieschool op de fles gaat. Ik ben gewend aan uniformen.
Ik heb op school een boekje voor de werkwoordsvormen. Daarin staat 'De koning van Hispanje heb ik altijd geëerd'. (Het gaat om de laatste letter.) Ik vraag aan mijn Turkse leerlingen of ze de regel kennen en als dat niet 't geval is, zeg ik flauwe, irriterende dingen over hun Nederlanderschap. Een kleine, felle, ongelovige jongen, Moestafa, zegt dat hij niets met welk volkslied dan ook te maken heeft, dat alle ellende voortvloeit uit opgeklopte nationale gevoelens. Ik zwijg beschaamd, en daarna prijs ik hem in het openbaar, hij heeft de meester geslagen.

Het is mij bekend dat de Engelsen een beroepsleger hebben en dat de Engelse jongen op Les Tilleuls dus formeel geen oproep kan krijgen voor Noord-Ierland of zo, maar dat doet er in dit verband niets toe, en bovendien geef ik niet veel voor die zogenaamde vrijwilligheid om soldaat te worden in landen met hoge werkeloosheid en/of racisme. Ik geloof dat alle Amerikaanse soldaten in de Golfoorlog negers waren: 'vrijwilligers'. Nogal logisch, wat moeten ze anders kiezen?
Pacifistische & oorlogszuchtige groeten

KRUISPUNT

Niets wordt ons bespaard. Alles wordt ons afgenomen. Nergens is een veilig plekje. Iedereen is gek. Met deze vier zinnen begint Battus in *de Volkskrant* van 14 mei zijn artikel 'Blijf met uw poten van mijn brandend braambos af!' Hij vervolgt: 'Dat zijn vier zinnen waar elk artikel mee behoort te beginnen, maar de schrijver slikt ze meestal in, want de lezer weet het al lang. Onjuiste gedachte van die schrijver: een lezer leest graag wat hij al weet.'

Omdat B. een belangrijke columnist is, die bovendien de PC Hooftprijs heeft gewonnen, volg ik zijn raad op. Niets wordt ons bespaard. Alles wordt ons afgenomen. Nergens is een veilig plekje. Iedereen is gek. Hij heeft gelijk, je kunt ieder stuk met deze zinnen beginnen, ze misstaan nooit. Dat komt natuurlijk omdat leven synoniem is met verliezen, winst is tijdelijk, daarachter gaapt altijd en zonder uitzondering het verlies.

Toen ik op 14 mei de vier zinnen las, had ik me net voorgenomen iets te schrijven over Reichling en het nieuwe kruispunt dat ik dagelijks enkele keren passeer, en jazeker, ze bleken onzichtbaar aan te sluiten.

Ik woon in de buurt van de provinciale weg van Z. naar L. (en omgekeerd). Omdat ik werk in L. rijd ik dagelijks over die weg. Soms in een auto, meestal op een motorfiets. Nu hebben autoriteiten bedacht dat die weg om L. heen gelegd moet worden. En omdat tegen autoriteiten meestal niets te beginnen is, gebeurt dat ook. (Hoewel ik officieel een verdediger ben van de democratie—'ze deugt niet, maar er is niets beters'—betrap ik mezelf regelmatig op ongebreidelde haat, vanwege de domheid die in dit systeem vrij baan krijgt. Maar later bijt ik me toch weer op de lip, misschien heeft de democratie er niets mee te maken en is de domheid universeel en van alle tijden.) De weg krijgt dan ook een grote bocht, en omdat L. bereikbaar moet blijven, wordt er een afslag gemaakt. Tot zover is alles nog enigszins begrijpelijk, er worden weliswaar bomen gekapt, er wordt weer aarde bedekt met beton en asfalt, er worden weer 'prestaties' verricht, en er wordt dus weer gejubeld over technische hoogstandjes, maar daar ben ik op mijn leeftijd wel een beetje aan gewend, dit land is toch niet meer te redden, het is één grote infrastructuur aan het worden, deze poort van Europa zal opgeofferd worden, de Betuwelijn komt er, Schiphol zal tien keer zo groot worden, de Waddenzee wordt een gaswingebied, de haven van Rotterdam een science-fiction-achtige nachtmerrie, het overgebleven groen een agrarische industrie-akker, een paar mensen zullen trots zijn op de vervoerders van Europa, maar de meerderheid zal bleekjes rondrennen op de voetbalvelden of een jenevertje drinken in de stacaravan tussen de autosnelwegen. Nee, daar maak ik me geen zorgen meer over, dat is de vooruitgang, dat is het onvermijdelijke. Waar ik me nog wel kwaad over maak, is de domheid. Want de afslag naar L. wordt *in de bocht* gemaakt, en alsof het niet genoeg is, komt er aan de andere kant ook nog een afslagje. Er is een levensgevaarlijk kruispunt ontstaan. Ik kan mijn ogen niet geloven en voorspel ongelukken. Die komen dan ook. Iedere week knallen er daar wel een paar op elkaar. Zelf kruip ik vijf maal door het oog van de naald en één keer lukt zelfs dat niet, een achteropkomende weggebruiker raakt me, duizend gulden schade—maar de levensgeesten wijken (nog) niet. Nu weet ik van verkeer en wegen hetzelfde wat iedereen weet, maar ik ben dan ook geen ingenieur, planoloog of autoriteit, ik ben gewoon een man op een motorfiets, die dus moet vechten voor zijn leven op de weg en vertrouwt op de deskundigheid van anderen. Een man op een motorfiets is erg kwetsbaar en heeft dus veel recht op angst en woede. Ik zal maar niet opschrijven wat ik dat leger van stomme doctorandussen, arrogante ingenieurtjes en vette wegenbouwers toewens, maar ik blijf hopen dat ze hun straf niet zullen ontlopen als de eerste doden gevallen zijn.

Het ergste van alles is dat ik bij dat kruispunt iedere keer aan Reichling moet denken. Reichling was professor in de algemene taalkunde. Zijn colleges waren op maandagochtend, maar werden toch goed bezocht. Dat kwam omdat Reichling een 'schilderachtige' man was, die een goed verhaal kon vertellen. Ikzelf bijvoorbeeld snapte niks van algemene taalkunde, maar ik stond toch elke maandag vroeg op om naar Reichling te gaan luisteren. Zijn verhaal over het verschil tussen de alfa's en bèta's herinner ik me goed: 'Als ik hier op college dertig jaar lang iets onnozels vertel over de suffix-vorming in de taal van de Zwartvoet-indianen, kraait er geen haan naar. Zelfs als het apert fout is was ik vertel, blijft het doodstil. Maar als een pas afgestudeerde ingenieur uit Delft op basis van een verkeerde berekening een brug over een kloof in Oost-Turkije bouwt en de trein met autoriteiten dondert tijdens de *maidentrip* vierhonderd meter diep in het ravijn, met brug en al, dan volgt er een proces. Dat is het verschil.'
Maar nu, na vijfendertig jaar, ben ik erg bang dat het verschil van Reichling niet meer bestaat, dat het uitgewist is. Niets wordt ons bespaard. Alles wordt ons afgenomen. Nergens is een veilig plekje. Iedereen is gek.

Geachte heer Van der Moer,

Het is ongewoon dat ik nadruk leg op de *domheid* van de mensen. Ik ben ook een beetje op mijn hoede voor dat woord, omdat het gemakkelijk tegen mij gebruikt kan worden. Ik ben namelijk altijd bang geweest zelf voor dom versleten te worden. Waarschijnlijk is ons schoolsysteem daarvan de schuldige; als je onder aan de prestatiepikorde staat, geld je als dom, en omdat dat mijn plaats was op school, is domheid mijn levenslange probleem geworden. (Ik heb er natuurlijk nog een paar, maar dat is in dit verband buiten de orde.)
Dat ik het woord toch in KRUISPUNT gebruik, komt door Flaubert. Ik lees zijn brieven en daarin is de domheid van de burgerman een van de hoofdpunten.

Toch vind ik hem niet effectief, en zeker niet als je hem vergelijkt met Nescio. Die heeft het benauwde leven van de kantoorbediende (= het prototype van de burgerman) vanaf de zijkant beschreven op een manier die niet verbeterd kan worden.
En daarmee het dilemma: want iedereen wil na enige tijd toch een Pim Jacobs-leven, een goed pensioen, een comfortabele auto, een beschaafde stem, een goede dokter, een cd-speler, een asfaltweg, geruststellende kunst, congeniale vrienden, en oorlog aan de andere kant van de grens, en dit lijken me toch de idealen van de burgerman.
Bij Flaubert is de woede te groot, bij Nescio is het meer minachting, en als je dan ook nog goed kunt schrijven, kom je het dichtst bij je doel.

Burgerlijke groeten

30 mei 93

DOOD

In 1947 fietste ik met mijn vader naar school. Het was winter en erg koud. Hij was achtendertig, ik tien. We fietsten elke morgen een gemeenschappelijk traject van enkele kilometers, waarna hij rechtsaf sloeg de binnenstad in, naar zijn kantoor, en ik nog een paar kilometer rechtdoor reed naar mijn school. Hij wilde altijd dat ik aan de binnenkant bleef en hij hield me vast aan mijn arm. Dat gaf me een veilig en beschermd gevoel, en hoewel ik daarna alleen verder moest en dus door iedereen doodgereden kon worden, waren deze beginkilometers toch mooi meegenomen.

De ochtend die ik me als gisteren herinner, was nevelig en de opritten van de bruggen waren bevroren. Dat merkten we te laat, mijn vader viel. Ik bleef op de been en keek op hem neer zoals hij daar op zijn rug lag. Er was niets aan de hand, maar in mijn kinderhoofd was het kwaad geschied: mijn vader was gevallen, ik had het gezien, hij was feilbaar, hij was sterfelijk. Die ochtend heb ik nu en dan zachtjes in de klas zitten grienen, op een voor mij kenmerkende manier: niemand mocht het zien. Pas veel later heb ik gehoord dat een man best in het openbaar mag huilen, dat het je zelfs siert als je dat kunt, maar voor mij kwam deze culturele koerswijziging te laat, ik verberg mijn verdriet, ik ben een man uit een ander tijdperk.

Toen ik vorige week een telefoontje kreeg dat mijn vader plotseling was gestorven, werd mijn innerlijk universum weliswaar getroffen door enkele felle aardschokken, maar meteen daarna heerste de ijstijd. Omdat mijn vrouw in het buitenland was, stapte ik met mijn jongste dochter, die toevallig thuis was, in de auto en reed naar het noorden van het land, naar het mortuarium van het ziekenhuis waarvan ik dacht dat het openbaar was. Het regende flink en ik moest goed op de weg letten. Op de radio klonk harde rock-muziek. Ik hoefde mezelf niet in de hand te houden, ik hoefde niet te vechten tegen oncontroleerbare emoties, ik maakte me zelfs een beetje zorgen over de 'gewoonheid' van mijn gevoelens. Terwijl dit toch het moment was dat ik altijd zeer gevreesd had, want ik had een uitzonderlijke band met mijn vader. Strijd was er nooit tussen ons geweest, ook niet in de periode die daarvoor staat. Toen mijn vrienden rebelleerden tegen hun vaders, en van huis wegliepen en grootse en meeslepende dingen schreeuwden, ging ik gewoon met hem om. We luisterden in het Concertgebouw naar Mahler, we haatten dezelfde grote systemen, we verachtten dezelfde mensen. Het enige verschil tussen ons was dat hij intelligenter, raadselachtiger en dubbelzinniger was dan ik. Hij verkeerde 'in de wereld', hij deed zaken, hij speelde tennis en bridge, en koesterde zijn excentriciteit in milieus die daardoor in verwarring raakten.

Tegen middernacht kwamen we in het ziekenhuis aan, waar we in de hal voor een groot aquarium moesten wachten. De vissen zwommen in gepaste traagheid heen en weer. De witte dame die ons kwam halen, verontschuldigde zich voor de catacomben die ons naar de dodenkamer leidden. Ze wist niet dat ik meer van dozen, aaneengeschoven ziekenhuisbedden en kapotte koffieapparaten houd dan van schoon metselwerk, kaarsen, satijnen gordijnen en stemmige gezichten van vreemde mensen. Ik merkte wel dat ik aarzelde toen ik de kamer moest binnengaan, maar ook dat viel mee. Hij lag doodstil, zoals ik verwachtte. Zijn gezicht had zich gevoegd bij de gezichten van zijn vader en zijn ooms, een grote familie van sociaal-democraten en anarchisten. Ik vond dat hij een sociaal-democratisch gezicht had gekregen, uiteindelijk. En een mooi detail was het hemd dat ze hem hadden aangetrokken, een verbleekt blauw, Zuid-Duits gestichtshemd met knoopjes op de schouders. We stonden er een tijdje, mijn dochter en ik, we praatten wat. Zij attendeerde me op het kruis dat boven het bed hing: 'Dat zou hij toch nooit gewild hebben?' Daar had ze gelijk in, dat zou hij nooit gewild hebben. 'Zal ik het van de muur halen?' Nee, dat leek me ook weer geen goed idee, te veel een daad, mijn vader had de wereld toch meer van een afstand bekeken, met zijn sympathie aan de goede kant, maar zelf eigenlijk wars van ingrijpen. Hij was een man van het dilemma, en in dat verband vond ik het wel betekenisvol dat uitgerekend wij drieën in die witte, middernachtelijke kamer zo fatsoenlijk waren het kruis te laten hangen.

Dit fatsoen was die middag niet opgebracht door de fijne verpleegster die zijn brancard begeleidde. Hij was er binnengebracht met een slagaderlijke bloeding en waarschijnlijk besefte hij dat hij aan de poort van de dood stond. Daarom zei hij zes keer achter elkaar godverdomme. Een waardig en krachtig afscheid. Maar zelfs op dat ultieme moment kreeg hij nog te doen met het fatsoen, waar hij zijn hele leven zo'n minachting voor had gehad, want de zuster beet hem toe dat ze in dat ziekenhuis niet van zulke woorden gediend waren.

Ik ben van plan haar een lesje in literatuur te geven, ik stuur haar *De Uitvreter*. Als het haar te veel is om het hele verhaal te lezen (het telt tenslotte vijfendertig pagina's), kan ze volstaan met de laatste zinnen:

'Op een zomermorgen om half vijf, toen de zon prachtig opkwam, is hij van de Waalbrug gestapt. De wachter kreeg hem te laat in de gaten. "Maak je niet druk, ouwe jongen," had Japi gezegd, en toen was i er afgestapt met zijn gezicht naar het Noord-Oosten. Springen kon je het niet noemen, had de man gezegd, hij was er afgestapt.

Op zijn kamer vonden ze een stok die van Bavink had gehoord en aan de muur zes briefjes met G.v.d. er op en één met "Ziezoo".

De rivier is sedert naar het Westen blijven stroomen en de menschen zijn blijven voorttobben. Ook de zon komt nog op en iederen avond krijgen Japi zijn oude lui het Nieuws van den Dag nog.

Zijn reis naar Friesland is altijd onopgehelderd gebleven.'

GESTICHT

Bij mijn dode vader hoort mijn levende moeder. Hij verzorgde haar de laatste vijf jaar met grote hardnekkigheid, terwijl zij zachtjes verdwaalde in het onbarmhartige rijk van Alzheimer. Ik volgde hun leven op afstand, ik belde iedere dag op, ik stuurde ze elke week een brief, en ik bezocht ze ook één keer per week, bijna driehonderd kilometer in de auto. Maar toch had ik niet precies door welke taak hij op zich had genomen, want hij was gesloten en klaagde nooit. Het laatste jaar vroeg ik hem wel regelmatig of hij het nog wel aankon, dat ik geen andere norm had dan wat hij wilde en kon, en dan antwoordde hij altijd dat hij het nog wel kon, en soms mompelde hij erachteraan dat hij trouwens geen alternatief had. Ik mompelde dan nog zachter iets over een verpleeghuis, maar daar wilde hij niets van weten. Zijn enige commentaar op hun lot bestond uit twee woorden: *bad luck.*

Er waren perioden dat mijn moeder hem niet meer herkende als haar echtgenoot en er op stond hem te gaan zoeken. Dan kleedden ze zich midden in de nacht aan, verlieten de flat en dwaalden door het gebouw, op zoek naar mijn vader. Hoewel een gevoel van tragiek de overhand had als ik deze verhalen hoorde, bleef er toch een behoorlijk percentage onbegrijpelijke poëzie over. Twee oude mensen, twee in elkaar gegroeide bomen, een huwelijk van bijna zestig jaar—wanneer wordt er nu eindelijk eens een verlossend woord gesproken over het afschuwelijke en heroïsche huwelijk?—, in halve vervreemding voortschuifelend over de gangen van een flatgebouw, onder tl-licht, ik ben toch niet krankzinnig als ik daar bizarre poëzie in ontdek? Mijn vader was het in ieder geval met mij eens, hij kon ook buiten deze situatie stappen en naar zichzelf kijken. Dat was volgens mij de betekenis van *bad luck*. Maar hij werd gesloopt, ik niet. Ik was de betrokken buiten-

staander, ik keek door het luikje naar binnen, hij zat in de cel.
Dat is pas in zijn volle omvang tot me doorgedrongen, toen hij plotseling, binnen enkele uren, stierf. Hij bereikte het ziekenhuis nog wel, maar kwam niet verder dan de eerste-hulpafdeling.
En dan mijn moeder. Zij moet vierentwintig uur per dag begeleid worden. Die zorg wordt over de twee kinderen verdeeld, een week hier, een week daar. Dan komt in zijn volle betekenis aan het licht wat mijn vader op zich had genomen. Ik blijk niets te weten van de reis door dit nevelrijk. Twintig keer per dag (of honderd keer, weet ik veel, alle getallen versmelten tot één) vraagt ze waar vader is, en hoewel draaien, liegen en wegkruipen in mijn aard liggen, heb ik me door deskundigen laten overtuigen dat je mensen in deze toestand moet confronteren met de waarheid, omdat ze er dan vlug doorheen komen. Dus zeg ik: 'Hij is dood, moeder,' en dan hoort ze dat voor het eerst, en buigt haar hoofd onder de moker van het verdriet en huilt geluidloos. Even later weer.
Tot ik van een andere deskundige hoor dat je moet ontwijken, en dat doe ik dan, ik volg mijn instinct en dat bevalt ons beter, mijn moeder hoeft die zware last niet zo vaak te dragen en ik blijf dichter bij mijn natuur—wat ik iedereen aanraad.
Om haar en onszelf afleiding te bezorgen maken we autoritjes naar overal en komen ook bij mijn dochter in Amsterdam op bezoek. Die woont in een wijk die gedomineerd wordt door immigranten, maar de enige buurman die haar last bezorgt, is een autochtoon. Het alcoholische huwelijk treedt dagelijks buiten zijn oevers en het geschreeuw dringt door tot de andere huizen. Ook op die regenachtige zondagmiddag. Wij luisteren. Mijn moeder vraagt of ze ook kinderen hebben. Nee, die hebben we niet. Mijn moeder zegt: 'Wat fijn voor die kinderen dat ze niet geboren zijn.'
Een raadselachtige, dichterlijke zin, vergelijkbaar met Prediker: Wat ontbreekt, kan niet geteld worden.
Wat moet er gebeuren? Mijn moeder denkt dat alles blijft zoals

het blijft, dat ze tot haar dood bij ons op de kamer kan blijven slapen, en dat ik haar echtgenoot ben. Dat bezorgt me steeds de grootste schrik en op dit punt verdoezel ik niets, ik reageer hierop onveranderlijk: 'Moeder, ik ben uw zoon.'
Ze lacht toegeeflijk, ze weet wel beter.
Intussen worden er brieven geschreven en wordt er getelefoneerd, het nog steeds perfecte verzorgingsapparaat van dit in wezen sociaal-democratische land wordt door ons geactiveerd. We gaan naar de geriatrisch deskundige van de indicatiecommissie, we worden door de doolhof van de regelingen en verwachtingen geleid, we stellen ons in op een lang beleg, maar krijgen dan plotseling bericht: er is een plaats.
Mijn moeder vraagt of we haar in een gesticht doen. Dat is het woord dat in haar wereld past. Dat is haar herinnering aan de ouden van dagen in Amsterdam, mannen en vrouwen gescheiden, in uniform, op bankjes voor de gestichten, in de zon onder de bomen. (Laten we ons het zo maar herinneren, zon en schaduw van bomen.)
Het huis waar we haar naartoe brengen, heeft niets van een gesticht, het ziet er vrolijk uit, er hangt een sfeer van optimisme en bedrijvigheid. De verpleegsters die haar gaan verzorgen, maken een vriendelijke en flinke indruk.
Maar als ik wegloop, kijk ik toch niet om en ik durf ook niet aan mijn vader te denken.

Geachte heer Van der Moer,

De dag dat mijn vader gecremeerd werd, was echt een indiaanse zomerdag, 20 september, de laatste dag van de zomer, stille zon over nevelachtig land, zonder wind.
We hadden, als we het in de sfeer van onze niet meer bestaande vader hadden willen doen, Mahler moeten laten spelen. Dat was zijn hele leven zijn favoriete componist (zelf had hij altijd dirigent willen worden ipv zakenman), maar die heeft te veel ondraaglijke

treurigheid in zich. Daarom kozen we vrolijke trompettermuziek van Bach en pianomuziek van Ravel.
Toen ik bovenstaand stukje uittypte, was Ravel weer op de radio, maar dat kan niets te betekenen hebben, want R. is een populaire componist.

Vr. gr.

2 X 93

PS Toen mijn zwager voor het eerst bij ons thuis kwam, laten we zeggen om de hand van mijn zuster te vragen, vroeg mijn vader niet wat z'n vooruitzichten waren, maar of hij viool speelde, en toen het antwoord nee was, heeft hij de hele avond niets meer gezegd. Mijn vader was een excentrieke man.

BABEL

Dertig jaar geleden was ik verliefd, en hoewel er op die liefde zelf niets was aan te merken, waren er toch hindernissen. Laten we zeggen: hindernissen van maatschappelijke aard. Veel van mijn vrienden waarschuwden me dan ook: ik moest er niet mee doorgaan, ik haalde me onnodig sores op de hals, ik moest nog maar wat verder kijken. Broederlijke raad, met een hoog gezond-verstandgehalte. Na enige tijd besloot ik mijn vader in te lichten, ik zocht hem op in zijn kantoor. Zijn bureau was op een hoge verdieping, veel glas, we keken uit over de stad. Aan de overkant, op een plat dak, stond een man bij zijn duiventil, witte duiven vlogen recht omhoog, tuimelden, en kwamen neer. Dan weer nieuwe, het ging maar door, het was een levend vuurwerk van witte veren tegen een lichtblauwe winterlucht. Het gesprek verliep kalm en ingehouden. Ik zei: 'De meeste mensen zijn er tegen dat ik ermee doorga.' Hij antwoordde: 'Je moet nooit doen wat de meeste mensen zeggen.'

Op zijn begrafenis, enkele weken geleden, hield ik een kleine redevoering die ik begon met deze woorden. Dit keer hadden mijn vrienden (niet dezelfde) gezegd dat ik kalmerende middelen moest nemen om onverwachte emoties de kop in te drukken, maar dat heb ik niet gedaan. Ik heb tamelijk rustig verteld over die op en neer dwarrelende duiven en over zijn dwarsheid en wereldverzaking—als hij geen stoïcijn genoemd mag worden, dan toch een taoïst, in ieder geval iemand die gelaten het gekwebbel van de dag over zich heen liet gaan en een eigen route had gekozen. Ik droeg ook een klein versje van Richard Minne voor. Ten eerste omdat daarin op eenvoudige wijze over de onleefbaarheid van het leven gedicht wordt, en ten tweede omdat je elke gelegenheid moet aangrijpen om muziek te maken of poëzie voor te lezen, twee kunsten met een aanzienlijke verzoeningsgraad. Ik kon echter niet doen wat ik werkelijk wilde, ik durfde de bijl niet in de bevroren zee van mijn innerlijk te slaan. Ik had me namelijk in 1962 voorgenomen bij de dood van mijn vader (ergens in een verre en ondenkbare toekomst) de laatste zin van 'De tocht over de Zbroetsj' uit te spreken. Dat is het eerste verhaal uit *Rode Ruiterij* van Isaac Babel. Tevens het eerste verhaal dat ik ooit van hem las, een ervaring die je maar een enkele keer in je leven hebt. Zoiets had ik nog nooit gelezen, ik wist niet dat je zo kon schrijven. Het was alsof er klappen werden uitgedeeld, na ieder verhaal stond ik te duizelen. 'De tocht over de Zbroetsj' beslaat twee bladzijden, geschreven in 1920. Eerste alinea: 'De kommandant van de Zesde Divisie heeft gemeld dat Nowograd-Wolynsk vanochtend bij het aanbreken van de dag genomen is. Het hoofdkwartier is uit Krapiwno weggetrokken en onze legertros strekt zich nu als een rumoerige achterhoede over de hele lengte van de straatweg uit, de onvergankelijke chaussée van Brest naar Warschau, door Nikolaas I aangelegd op het gebeente der boeren.'

De soldaat die het verhaal vertelt, wordt ingekwartierd in een huis in Nowograd, bij een zwangere vrouw en twee rossige joden met dunne halzen. Er heerst een onbeschrijfelijke rotzooi. Een derde jood ligt met zijn hoofd onder een deken te slapen. De soldaat gaat naast hem liggen, slaapt in en droomt onrustig. De vrouw wekt hem. Laatste alinea's: '"Pan!" zegt ze tegen me, "wat schreeuwt u toch in uw slaap en wat woelt u toch rond. Wacht, ik zal u in een andere hoek een bed spreiden, want u stoot aldoor tegen mijn vader aan..."

Ze tilt haar magere benen op en haar ronde buik en trekt de deken van de slapende man af. Daar ligt een dode grijsaard op zijn rug. Zijn keel is hem uitgerukt, zijn gezicht in tweeën gespleten, een klonter blauw bloed ligt als een klomp lood in zijn baard.

"Pan," zegt de jodin, terwijl ze de peluw opschudt, "de Polen hebben hem zijn keel afgesneden en hij smeekte ze nog wel: doe

het buiten, maak me op het erf af, zodat mijn dochter niet ziet hoe ik sterf. Maar zij deden zoals het hun het gemakkelijkst uitkwam, hier in de kamer heeft hij de geest gegeven en zijn laatste gedachten waren voor mij. En nou wou ik wel eens weten", zei de vrouw eensklaps met een verschrikkelijke kracht in haar stem—"nou wou ik wel eens weten, waar ter wereld je ooit zo'n vader zult vinden als de mijne was..."'
Het was 1962 dat ik dit las, ik was vijfentwintig jaar, ik dacht: dat is de zin voor zijn begrafenis, maar toen het zover was, durfde ik het niet. Men moet zichzelf beschermen.

Geachte heer Van der Moer,
U weet natuurlijk dat Babel in het boeren- en arbeidersparadijs een nekschot heeft gekregen, enkel en alleen omdat hij schrijver was. En met hem duizenden anderen, om dezelfde reden. Ik las toevallig in de krant hoeveel er in die onbeschrijfelijke gevangenissen hebben gezeten, dat er talloze brieven, romanfragmenten en hele romans in de archieven van die gevangenissen bewaard worden. Wij kunnen ons geen voorstelling maken van de omvang en druk van die sovjetterreur—ik in ieder geval niet.
Ik moet denken aan Harry Mulisch die in de jaren zestig, toen dit alles gewoon bekend was bij de gemiddelde krantenlezer, in de media beweerde dat in Rusland de literatuur tenminste serieus werd genomen want daar werden de schrijvers in de gevangenis gegooid.
En als ik die op maat gesneden dameskapper dan in Duitsland de eerste viool zie spelen, moet ik denken aan een kurk die niet onder kan gaan, bijna zonder gewicht, maar altijd drijvend, hoe de stroming ook gaat.
Richard Minne, Louis Paul Boon, Elsschot, dat waren ook linkse schrijvers, maar toch van een ander gehalte dan deze onverslaanbare paus.

Ik ben verbitterd en terneergeslagen als ik kijk naar dat zakenwereldje van de Buchmesse. Wat heeft dat met schrijven en geest te maken? Het zou ook om videorecorders en surfplanken kunnen gaan. Gladde verkopers, zover het oog reikt.

Vr.groeten,

8 X 93

PS Ik wist in 1962 al dat ik 'nou wou ik wel eens weten, waar ter wereld je ooit zo'n vader zult vinden als de mijne was...' nooit zou kunnen uitspreken. Dat ik dan zou instorten; tegen sommige zinnen, tegen sommige woorden is niets bestand. Daarom had ik me voorgenomen op de grafsteen Bab.Zbroe.6 te laten beitelen, zoals de christenen Rom.22.13. gebruiken om aan te geven dat ze tot een geheim (en uitverkoren) genootschap behoren.
Ik zou dan in mijn eentje, maar met die steen, een geheim hebben. Door mijn angst, mijn grote angst, heb ik mijn hele leven gefantaseerd over de dood van mijn vader. Maar nu het zover is, interesseren al die vormen me niets meer, en zie ik dat er alleen maar herinnering is. Zelfs de kleren die ik van hem draag, zijn gewone kleren in vergelijking met de herinnering. Pas als mijn geest verduistert zal het over zijn.

ARCHIEFKAMERTJE

Op duizend kilometer van mijn huis woedt de strijd tussen droom en daad. Misschien moet ik niet spreken van woedt en strijd, misschien zijn dat te expliciete, te harde woorden en staan droom en daad in een vage, grijze verhouding tot elkaar. Ik denk aan een bergachtige streek in Frankrijk die langzaam wordt leeggezogen volgens het onwrikbare patroon van de lex economica. Alles is ondergeschikt aan deze wet, ethiek, moraal, religie, natuur en milieu, versieringen van de dagelijkse hoofdvraag 'Wat heb ik vanavond te eten?' En als het antwoord is 'Te weinig', trekken de mensen weg en gaan op zoek naar meer. Of ze blijven sentimenteel zitten, maar dan vertrekken hun kinderen en komen niet terug. De ouderen sterven, het huis vervalt of wordt alleen nog gebruikt in de vakanties, het moeilijk bereikbare land wordt niet meer bewerkt, de streek wordt weer eenzaam.

Dat is één beweging, de andere wordt in tegenovergestelde richting gemaakt, door mensen met een droom. Mensen die dus tegen de stroom op roeien. Het zijn er niet veel en ze zullen de grote, trage beweging van het onverschillige lot niet beïnvloeden, maar ze zijn interessant en ik kijk graag naar ze, ik ben nieuwsgierig naar de droom in actie.

Twintig jaar geleden ging W. in deze streek wonen. Hij deed veel met zijn handen, maar zijn hoofd liet hem niet met rust. Hij bouwde huizen en stallen, hij hield vee, bewerkte het land, haalde de mensen naar zich toe, maar het ontging hem niet dat hij sparteld in de stroom van ontvolking en vereenzaming. En hij keek om zich heen en dacht na en gaf niet op. Hij organiseerde de autochtone boeren in een landbouwcoöperatie, reisde met een diplomatenkoffertje naar Parijs, confereerde met uitgeslapen ambtenaren, weekte belangrijke subsidies los, kocht droog-, pers-, schud- en verzamelmachines, organiseerde de structuur, begaf zich over de landsgrenzen om afzetgebieden te vinden, ach, u ziet het aan deze reeks, u voelt het aankomen, u kent misschien de adem van de Griekse tragedie, wellicht denkt u zelfs aan het woord hybris (maar u spreekt het niet hardop uit): hij komt ten val.

Zijn dadendrang wekt argwaan, er ontstaat gemor en gekonkel, er vormen zich facties, en ten slotte is er de vergadering, de democratische, coöperatieve vergadering.

Daarna is hij weer een gewone boer, hij bewerkt zijn land, haalt met zijn tractor grote stenen uit de beek en maakt daarmee terrassen op de hellingen. 's Avonds leest hij wat Chinese filosofen bedacht hebben of dommelt boven de krant.

Hij schrijft mij een brief vanuit het archiefkamertje van de *Coopérative des Plantes Aromatiques*. Hier is hij enkele jaren voorzitter-zakenman geweest. Vroeger waren er in het kamertje oliën opgeslagen, de geuren hangen er nog, nu staan er kasten met ordners.

Het is een lange brief, want hij zit te wachten op zijn laatste oogst, die door twee achter elkaar geplaatste zeefmachines—een zijdelingse en een rechtstreekse schudder—behandeld wordt. Het vullen van een zak duurt ongeveer een A4-tje. De brief telt negen kantjes. Het is een mijmerbrief. Vóór hem hangt een lijst met dromers van het eerste uur. 'Baillol doet allang niet meer mee. Cayac heeft een wijncave. Daillord praat niet meer met ons en heeft een *jardin de miracles* in een kas gemaakt, met tropische vogels, planten op poreuze steen en een snackbar. Janot is belast met het uitroeien van schadelijk wild en organiseert klopjachten op dassen, vossen en marters. Hij heeft er zelfs een onderscheiding voor gekregen. *Plantes Aromatiques* is hij allang vergeten. Legrand wil zijn boerderij verkopen. Valetaille heeft zijn thijm nooit herplant. Marie S. is met pensioen. Jacques Brossard heeft zoveel ziekte en dood in zijn familie dat hij niet meer aan planten kan denken. Daniel Ruffot is een ruziezoeker en een zonderling die aan het eind van de vallei

woont en met iedereen in onmin leeft; jacht, landlimieten, hout, sneeuw schuiven, alles geeft problemen... en hij heeft zo'n aardige vrouw die alles vergoelijkt. Soubras is weer psychiater geworden, parttime; verder verzorgt hij zijn kind en speelt dixieland-piano. Jean-Pierre Benoit plantte ooit een veel te steil veldje met thijm, waar geen machine kon oogsten en hoewel hij vele debiele jongeren beheert, is thijm snijden te gevaarlijk voor ze—of niet officieel in het kader van zijn instituut.'
En zo gaat de opsomming verder. Ik ken die mensen niet, maar ik raak in trance en zou wel de rest van mijn leven zo'n lijst willen lezen, om te vertoeven in het oneindig grijze gebied tussen droom en daad, en me te wikkelen in flarden melancholie, en nu en dan verlekkerd een traan te laten vallen op het papier. Lacrimae rerum. De tranen om de dingen.

Beste Bert van den Hoed,

Jammer dat ik geen 2000 woorden mag schrijven, want de lijst is inderdaad negen kantjes lang en ik ben er werkelijk aan verslaafd. Toen ik Wartena schreef dat hij me een groot plezier had gedaan met deze brief vol gecondenseerde lotgevallen, antwoordde hij dat hij dat wist en me dit plezier met opzet verschaft had. Daar ben ik altijd weer verbaasd over, dat mensen me blijken te kennen. Want diep in mijn hart ben ik ervan overtuigd dat misverstand het fundament van alle menselijke contact is. Dit idee moet ik eens herzien, het is zo modieus en afgetrapt.
Zoals ik je al per telefoon vertelde: *droom in actie* heeft me overrompeld, alsof ik het niet zelf bedacht had. Ik heb erover gedacht het als titel te nemen, maar dan zou mijn trots er te dik op liggen, en bovendien zijn mijn titels altijd eenwoordig.
Wil je me nog *precies* laten weten, wanneer ik nu wel en wanneer ik niet in de krant kom? (En wanneer ik ARCHIEFKAMERTJE naar Arnhem kan sturen.)

Vriendelijke groeten
2 XII 93

LEERLINGEN

Lezers schrijven mij brieven. Bijna altijd reageren ze op iets wat ik geschreven heb. Meestal kwaad, soms bedroefd, heel soms blij (principe: goed nieuws is geen nieuws). Het komt ook wel eens voor dat mij een varken wordt aangeboden of een dienst wordt gevraagd. Iemand vraagt mij bijvoorbeeld of ik hem de spelling van de werkwoordsvormen wil uitleggen. Hij heeft wel een schoolopleiding genoten, maar dit onderdeel is kennelijk verwaarloosd. Hij is aan het goede adres: dit kan ik systematisch uitleggen, resultaat gegarandeerd (bij normale intelligentie—ik sta niet op het overspannen standpunt dat 'iedereen alles kan leren'). Ik verzin echter een ander plan, ik laat de zestig aspiranten die deze stof net achter de rug hebben, de brief beantwoorden. Dit heeft enige voeten in de aarde, ze geloven niet dat de briefschrijver echt bestaat, ze denken dat het een educatief opzetje van mij is.
Ik neem ze hun achterdocht en wantrouwen niet kwalijk, het zijn belangrijke onderdelen. Na een week heb ik de zestig brieven toch binnen, ik kijk ze na en bespreek ze klassikaal. Een Turkse jongen reageert op een bijzondere manier op mijn commentaar. Hij heeft een technisch foutloze brief geschreven, waarin hij de d- en t-problemen lucide behandelt. Ik schrijf eronder: 'Ik kan het niet duidelijker uitleggen. In zijn beknoptheid is het perfect wat je doet. Daar komt nog bij dat je een vreemdeling bent (geweest) in ons taalgebied. Ik ben trots op je.'
Hij kijkt me onderzoekend aan en vraagt of ik het meen. Ik zeg: 'Ja jongen, je schrijft beter dan Janmaat en zijn kornuiten.' Hij staat op, loopt op me af, slaat zijn armen om me heen en blijft zo een minuut doodstil staan. Een Noord-Europese en een mediterrane cultuur ontmoeten elkaar. De multi-samenleving in het laboratorium. Het valt me op dat er in de klas maar weinig grappen

worden gemaakt. Van de smerige politiek weet ik niets, maar ik denk toch even aan Sarajevo.
In dezelfde week krijg ik een brief van een oud-leerling die nu politieman in Rotterdam is. Hij beschrijft vrolijk en opgewekt zijn eenmanswinkeltje als hij in de combi door zijn district rijdt, en neemt en passant een groot onderwijsprobleem op de korrel: hij heeft op de school zoveel dingen geleerd die hij in de praktijk niet nodig heeft. De praktijk is eenvoudig, de school stelt de werkelijkheid te gecompliceerd voor. Ik schrijf hem een brief terug, ik doe een beetje deftig en leg hem uit dat er een kritische afstand bestaat tussen opleiding en vak. Weliswaar weet niemand hoe groot die afstand moet zijn, maar iedereen die langer dan een minuut over onderwijs heeft nagedacht, zal toch beamen dat je een reservoir van kennis moet hebben om een vak uit te oefenen. Hij antwoordt met het verhaal van twee collega's die in een winkelcentrum iemand ter identificatie meenemen naar een expeditieruimte. Er komen dertig Antillianen binnen die de agenten danig toetakelen. Dit is zijn praktijk, heb ik daar nog een antwoord op? Eigenlijk niet, hoewel ik de vage behoefte voel hem te vragen wat iemand bezielt politieman te worden. Je staat te dicht op het walmende leven, dat kan niet goed zijn.
Ook de derde brief die ik ontving, weer van een oud-leerling, heeft iets met onderwijs te maken. De jongen is neerlandicus en schrijft: 'Ik ben inmiddels bijna in het bezit van een eerste-graads bevoegdheid, waarvoor ik veel onzin heb moeten leren. Vroeger kreeg je zo'n bevoegdheid min of meer gratis, als een zakje vlaggetjes bij een kilo kaas, tegenwoordig moet je je laten scholen door zogenaamde didactici, mannen met baarden (alle clichés zijn waar) in wier zinnen elk derde woord "kommunikatie" luidt. Ik weet nu alles over behavioristische, humanistische en cognitivistische onderwijspsychologie, maar ik geloof niet dat ik daardoor beter in staat ben het vlooientheater draaiende te houden. Je bent leraar of je bent het niet. Discussies over onderwijs en opvoeding

hoor ik aan met stekende afgunst jegens degenen die eraan deelnemen. Die mensen hebben een overtuiging, ze staan ergens voor. Voor mij is het gewoon werk, dat wil zeggen een bezigheid die ik naar beste kunnen uitvoer en waar ik net als iedereen een hekel aan heb. Mijn vriend Peter houdt me altijd voor dat ik "met één been in de maatschappij moet blijven staan". Het onderwijs is mijn wormstekige houten poot. Mensen die beweren dat je met zo'n grondhouding niet voor de klas moet gaan staan, hebben groot gelijk, maar een mens moet wat.'

Ik ben het met hem eens, je bent leraar of je bent het niet. Hij moet zich niet schamen voor zijn wormstekige houten poot, twee gezonde benen, dát zou pas verontrustend zijn. Onderwijs moet stamelend en beschaamd gegeven worden, met enigszins afgewend hoofd. Meestal ben je wanhopig, maar soms slaat iemand zijn armen om je heen, en dan lijkt het even of het allemaal zin heeft.

Geachte heer Van der Moer,

De allochtoon in questie, Hakan Kayaturan, is in mijn definitie geen allochtoon: hij is in Nederland geboren. Ik huldig hierover een rigide en streng (en gemakkelijk) standpunt: een allochtoon is iemand die de taal van het land niet in de wieg heeft geleerd. Mijn vrouw vindt deze opvatting onzinnig want Hakan Kayaturan is weliswaar in Amsterdam geboren maar hij heeft toch in aanvang alleen maar Turks gehoord. Daarom is zijn taalbeheersing toch bewonderenswaardig.

Er kwam nog een ander etnisch conflict aan het licht bij onze klassikale omhelzing: wij beiden zijn—overduidelijke—Amsterdammers, terwijl de rest van de klas uit Rotterdam stamt. Als de loopgraven dus bevolkt gaan worden, zitten Hakan en ik aan dezelfde kant. Tenzij de scheidslijn gaat lopen tussen christenen en islamieten, dan hoef ik helemaal niet mee te doen. Wordt er echter gemoord op haarkleur en ogen, dan staan Hakan en ik tegenover elkaar. Het blijft een gok, de volgende oorlog.

Het Utrechts Nieuwsblad belde op om te vragen of ik iets voor het themanummer *Droom en daad* (vrijdag 24 december) wilde schrijven. Ik stuurde ARCHIEFKAMERTJE. Kan dat ook in Uw krant omstreeks die tijd? Utrecht heeft zaterdag 1 januari geen weekendbijlage, dus hoef ik die week niet. Hoe zit het met de andere Wegener-kranten? Kunt U me daarover berichten?

Vriendelijke decembergroeten

9 XII 93

Ik haat deze knusse maand van schijn-verbroedering
en pseudo-religie.

MIJNHEER

Eerst mijn vader, dan mijn hond en nu mijn moeder. Dood. Na middernacht. Een telefoontje na middernacht, dat betekent onheil. De verpleegster vertelt dat ze onrustig was en benauwd. De dokter was erbij gehaald, had haar een kalmerend middel gegeven, er was nog iemand een halfuur bij haar bed blijven zitten, ze was kalm en sliep rustig. Maar bij de laatste ronde bleek ze dood, haar inspanningen om te blijven ademen hadden zoveel energie gekost dat ze de mogelijkheid van het medicijn ten volle benutte: ze kneep ertussenuit. Mooie dood. Wel een beetje laat. Toen mijn vader zes maanden geleden stierf, viel de boom die haar alle beschutting had gegeven. In de kaalheid van de volle eenzaamheid bleek dat van haar geest veel minder was overgebleven dan we hadden gedacht. Mijn vader had haar zo afgeschermd dat ze nog voor een merkwaardige, gedistingeerde dame kon doorgaan, sigaretten rokend en jenever drinkend, voorzichtig en met grote routine de gebieden vermijdend die voor haar onbereikbaar waren geworden. Het halve jaar in het verpleeghuis is een verschrikking. Misschien niet voor haar, maar wel voor mij. Dit is geen leven meer. Dit is een troebel mengsel van christelijke barmhartigheid, consequent humanisme en onstuitbare technologie. Dit is een reservaat van uit de hand gelopen leven. Elke week verbaas ik me over het vriendelijke, toegewijde personeel, kijk ik uit mijn ooghoeken naar de angstaanjagende apparaten waarmee de bewoners uit bed, aan tafel en op de wc kunnen worden getakeld, droom ik weg bij de ruime volière op de binnenplaats, lees ik de aankondigingen voor accordeonconcerten en volksdansgroepen, snuif ik de allesdoordringende geur van pis op, kijk ik weer met ongeloof naar het vriendelijke en toegewijde personeel, en denk ik: dit is geen leven. Verder kom ik niet, ik heb geen begin van een oplossing in mijn hoofd, maar ik zie de dreiging van een te oud, te welverzorgd, te beverig volk. Mijn moeder was een uitgesproken vrouw met markante meningen (die ik zelden deelde). Over haar eigen einde was ze prozaïsch, ook in de toon. 'Geef mij maar een spuitje als het zover is,' heeft ze me ontelbare malen gezegd, vroeger, toen er nog niets aan de hand was, en ik haar dood als iets theoretisch beschouwde, zoals nu mijn eigen dood. Maar dat spuitje zou ik niet gebruiken. Ze ligt in bed in een liefdevol en vernederend hansop, ze heeft een luier om, ze is zo mager dat ze bijna onzichtbaar is, ze maakt spookachtige bewegingen met haar handen alsof ze een web aan het weven is, maar ze herkent me, ze hoort aan mijn stem dat ik het ben, haar zoon, met wie ze drieënvijftig jaar geleden langs de vijver in het Beatrixpark wandelde om de eenden te voeren en die ze waarschuwde niet op de rand van de betonnen trap te lopen, 'want dan kun je uitglijden en je rug breken'.

Ik sta achter het katheder in het crematorium. Naast me staat de kist, ik kan haar gezicht door het venstertje zien, ik weet niet wat er met haar gebeurd is, ze is onherkenbaar, uit een gezelschap van twintig dode dames zou ik haar niet als mijn moeder kunnen herkennen. Ik moet het met de herinnering doen. Cees Nooteboom zegt dat de herinnering een hond is die gaat liggen waar hij wil. Dan springt hij over een heg, waarachter jij kikkervisjes in een jampotje doet, het is lente, je bent tien jaar, de zon schijnt. Of je doet niets, iemand anders heeft hem onder appèl, iemand anders komt binnen met de hond van jouw herinnering. Dat is het geval met mijn zuster. Ze vertelt me dat ik vroeger woedend was als de sinterklaasgedichten van mijn moeder niet goed rijmden.

Ik sta achter het katheder in het crematorium. Ik lees een gedicht voor ter ere van de dood van mijn moeder. Het is van Elsschot, de belangrijkste dichter in onze taal. Hij rijmt goed, ik heb er niets op aan te merken. Hij heeft weinig geschreven, en verschillende keren over zijn moeder. Ik hoef dus niet lang te zoeken. Ik maak mijn keus op het woord *Mijnheer*. Het is een gedicht waarin Elsschot in de vijfde strofe de dood met mijnheer aanspreekt. Dat vind ik mooi, erg mooi, dit is het precieze woord voor de dood.

-Kom in, Mijnheer, ik stel u voor aan Moeder.
-Vrees niets, kindlief, al heeft hij naakte beenen:
hij is een vriend, een goede vriend, een broeder:
hij is niet ruw, hij wandelt op de teenen.

Tot weerziens dan. Ik kom vannacht of morgen.
Gij kunt gerust een onze-vader lezen,
en zet uw muts wat recht. Hij zal wel zorgen
dat gij geen kou vat en tevreê zult wezen.

'De helaasheid der dingen'

Geachte heer Van der Moer,
Mijn moeder rookte onder de douche en als je haar lege glas niet meteen weer vulde met jenever, riep ze: 'Ben ik uit de club?' Dat vertelde mijn zuster gisteren in het crematorium in haar rede bij de kist van onze moeder. Ze stierf maandagnacht zonder enige waarschuwing. Ik ben een gespleten persoon (meer dan normaal) omdat het huwelijk van mijn ouders een gespleten huwelijk was, gevormd uit twee tegenstrijdige levensfilosofieën. Mijn moeder was vitaal en gretig, mijn vader afgewend en beschouwend. Toch zijn ze een leven lang bij elkaar gebleven en heeft zij hem uit solidariteit slechts zes maanden overleefd. Een keuze was onvermijdelijk: ik was een vaderskindje. Toch had ik me bij de dood van mijn moeder minder in bedwang dan een halfjaar geleden op dezelfde plek, hetzelfde uur. Ik las 'Moeder' voor, van Elsschot—want je hebt maar één moeder en je moet dus het beste voor haar kiezen—en ik had de grootste moeite om me te beheersen, ik haperde van woord naar woord. Natuurlijk omdat

Elsschot de Johann Sebastian Bach onder de dichters is. Bovendien draaiden ze het Requiem van Mozart en liederen van Mahler. En kunst van dat formaat slaat sowieso de bodem uit iedere weerstand.

'Moeder' is een roestvrijstalen gedicht. Dat wil zeggen dat je begrijpt wat er staat ook al begrijp je niet wat er staat. Dat is het moment dat je benauwde neerlandistieke hart gaat spreken. Eerst is *ik* de zoon (Ik stel u voor aan Moeder.), daarna is *ik* de dood (Ik kom vannacht of morgen.). Maar dan begrijp ik weer niet wie *hij* is (Hij zal wel zorgen...).
En dat alles doet er geen moer toe. Precisie in de taal betekent iets anders dan precisie in de werktuigbouwkunde.
Ekkel maakte daar vroeger op de werkcolleges altijd ruzie over met Lulofs, de geleerde kenner van Beatrijs en Nijhoff. En Wartena ging na zijn kandidaats naar Hellinga met de woorden: 'Ik kom bij U, want ik moet er niet aan denken dat die zogenaamde literatuurwetenschap Van de Woestijne gaat vernielen.' (Maar volgens mij vergiste hij zich daar dus in, dichters als Vd Woestijne en Elsschot behoren tot de kaste der onaanraakbaren. Roestvrij staal.)

Moeder

Mijn moederken, ik kan het niet verkroppen
dat gij gekromd, verdroogd zijt en versleten,
zooals een pop waarin een hart zou kloppen,
door 't volk bij 't heengaan in een huis vergeten.

Ik zie uw knoken door uw kaken steken
en diep uw oogen in het hoofd gedrongen.
En ik ben gansch ontroerd en kan niet spreken,
wanneer gij zegt 'kom zit aan tafel jongen'.

Ik hoor u 's avonds aan de muren vragen
of gij de vensters wel hebt toegesloten.
Gij kunt den mist niet uit uw hersens jagen.
Uw lied is uit, gij kreunt de laatste noten.

Daar in de verte wordt een put gegraven;
ik hoor zoo goed het ploffen van de kluiten.
En achter 't huis zie ik een schimme draven:
hij staat waarachtig reeds op haar te fluiten.

-Kom in, Mijnheer, ik stel u voor aan Moeder.
-Vrees niets, kindlief, al heeft hij naakte beenen:
hij is een vriend, een goede vriend, een broeder:
hij is niet ruw, hij wandelt op de teenen.

Tot weerziens dan. Ik kom vannacht of morgen.
Gij kunt gerust een onze-vader lezen,
en zet uw muts wat recht. Hij zal wel zorgen
dat gij geen kou vat en tevreê zult wezen.

Parijs 1907

Verweesde groeten

12 III 94

SCHOONMOEDER

Mijn ouders zijn kort na elkaar in een bliksemslag gestorven. Ik bedoel dat de dood onverwacht kwam, ik was er niet bij, ik werd opgebeld toen het al gebeurd was, ik kon er tijdens een lange autorit over nadenken, misschien kon ik er zelfs al een beetje aan wennen. Bij mijn schoonmoeder is het anders gegaan. Die moest na de dood van haar man nog achttien jaar alleen verder. Daarvan heeft ze er twaalf in volle helderheid afgelegd en zes van lichte schemering tot in de diepste duisternis—over wennen gesproken. Ik weet niet of mijn houding wel ethisch is, maar ik converseer graag met licht dementerende mensen. Het is een wandeling in het landschap van de zondagsschilder, het is een droom, het is poëzie zonder deskundig commentaar. Jaren geleden—mijn hele gezin hield vakantie in Spanje, ik was alleen thuis—voerde ik dagelijks meerdere telefoongesprekken met mijn schoonmoeder. Ze bewoonde een eigen kamer in een bejaardenhuis, ze had telefoon en kende één nummer, het onze. Soms belde ze wel tien keer op een dag, voor haar was het steeds de eerste keer. Al vlug kwam ik onder de indruk van deze gesprekken, ik begon ze te noteren. Een voorbeeld; het is zondagmorgen, kwart voor acht, de telefoon (die gelukkig naast mijn bed staat): 'En? Zijn ze al thuis?' 'Nee, dat duurt nog een maand.' 'Nou, in ieder geval is het droog weer. En als je iets hebt en je weet niet hoe het moet of hoe het werkt, dan bel je maar, ik help je wel.' 'Ja, dat zal ik doen.' Twee uur later, telefoon: 'Heb je nog informatie over de dames?' 'Nee.' 'O, gelukkig.' 'Hoe dat zo?' 'Nou, als er geen bericht is, is er ook niks aan de hand.' 'Daar heeft u gelijk in.' 'Nou, de groeten, hè.' 'Aan wie?' 'Aan je vrouw en de kinderen.' 'Maar die zijn hier toch niet?' 'O, maar ik dacht dat je zei dat ze vanmiddag kwamen.' 'Nee, over een maand.' 'O, wat een tijd.'

's Middags belt ze weer en vraagt of ik al iets gehoord heb. 'Nee, ik heb nog niets gehoord.' Ik vertel omstandig hoe ze het hebben in Spanje, hoeveel kamers het huis heeft, hoe het dakterras eruitziet, wat de gemiddelde temperatuur is, hoeveel peseta's je krijgt voor een gulden, wat de cognac kost. Weliswaar voor negentig procent gelogen, maar dat doet er in dit verband niet toe, het doet er trouwens bijna nooit toe of je de waarheid vertelt, leugens zijn ook een vorm van waarheid, ik ben een groot voorstander van het vertellen van leugens, er moet meer gelogen worden, het houdt de geest levend. Er is slechts één restrictie, er mag geen baatzucht in het spel zijn, je mag alleen belangeloos liegen. Ze zegt: 'Ik krijg er rillingen van.' 'Waarom, wilt u er ook naartoe?' 'Nee, dat niet, maar ik vind dat de kinderen wel dankbaar mogen zijn.' Ik zeg: 'Ja, dat zijn ze ook,' maar ook in dit geval weet ik niet of ik de waarheid spreek.

Mijn schoonmoeder was een aardige vrouw, en nu ik na jaren die zin herlees—'En als je iets hebt en je weet niet hoe het moet of hoe het werkt, dan bel je maar, ik help je wel' -, merk ik dat het een fundamentele zin is. (Ik weet namelijk vaak niet hoe het moet of hoe het werkt.)

Ze ging niet plotseling dood, ze was er al jaren mee bezig. De laatste week werd het einde ineens zichtbaar, ze bleek uit te drogen. Na een modern gesprek met de arts besloten we tot een onbelemmerde glijvlucht. Iedereen had nog tijd om naar het verpleeghuis te komen.

Op de dag dat het waarschijnlijk zou gebeuren, ging ik toch naar school, want ik vind dat je ook tegen de tijdgeest in moet blijven lesgeven. (In het gereorganiseerde politie-onderwijs is de Nederlandse taal een bijna onzichtbaar kleutervak geworden, en ik een marginale clown—en die vette hoofdcommissarissen maar kankeren 'dat het schriftelijk werk zo slecht is vandaag de dag'.) Ik kreeg voor het eerst in mijn leven van de receptioniste een pieper mee en ik moet bekennen, het gaf me een gevoel van belangrijkheid.

Vier lesuren gebeurde er niets, in het vijfde was er vrolijkheid en spot. Ik had ze als huiswerk meegegeven: de theorie van het lijdend voorwerp en een oefening (liefst en logischerwijs in die volgorde). Een jongen deed de oefening en maakte vermijdbare fouten. Ik zei: 'Het staat toch in de theorie?' Hij zei: 'Ik heb eerst de oefening gemaakt en toen de theorie bestudeerd.' Ik zei: 'Dat doe ik ook altijd, ik denk dat het te maken heeft met angst voor het woord en ongeduldige liefde voor het handwerk. Eerst de cv-ketel aansluiten, dan het gas erop, dan de lucifer erbij, dan *boem*, het dak van het huis, en dan het instructieboekje bestuderen. Zo heb ik mijn eerste echtgenote verloren.' Gelach en gejoel.
Dan gaat de pieper. Ik ben verward, in welke zak zit hij? Ik kijk naar een jongen links, hij knikt, u bent het. Ik zeg dat ik even ga bellen. Mijn vrouw vertelt me het verhaal van de ontsnappende geest. Ze houdt haar moeder vast en voelt hoe de spanning opgebouwd wordt en ontsnapt, de geest hangt boven de wateren—alle opvattingen, theorieën, culturen, religies worden belangrijk. Ik ga terug naar het lokaal. Ik zeg dat de les voorbij is, maar ik zeg niet waarom, ik wil me niet aanstellen, maar ik heb gewoon geen zin om iets te zeggen. Er wordt weer gelachen en gejoeld, een meisje roept: 'De cv-ketel?', maar anderen zijn gewoon blij dat ze vrij hebben. Op een school gaat het niet om het leren, maar om de notie van vrijheid—daarom moeten er altijd scholen zijn. Op de gang komt een meisje me achterop. Ze zegt dat de reactie van de klas haar spijt. Ik zeg dat er niets aan de hand is, een groep is een groep en altijd grof en ongenuanceerd, een individu kan iets oppikken wat op een *vleug* lijkt, een groep kan dat niet, kan alleen stadion-emoties voelen, van welk soort dan ook. Ze lijkt niet overtuigd, maar ze doet of ze me gelooft, en dat vind ik al heel wat.

Geachte heer Van der Moer,

Bovenstaand stukje over mijn schoonmoeder draait om de zin: 'En als je iets hebt en je weet niet hoe het moet of hoe het werkt, dan bel je maar, ik help je wel.' Waarom zijn sommige zinnen toch zo prachtig? De taal is een landschap, zegt u dat wel.

Vriendelijke groeten,

23 VI 94

NACHTEGALEN

Toen ik achttien was, had ik mijn eerste motorfiets. Hij kwam uit het Engelse leger en ik was er trots op. Ik was ook trots op mezelf, zoals ik erop reed, de wind in mijn gezicht. Een vriend van mijn vader waarschuwde me, motorrijden was gevaarlijk. Ik herinner me mijn antwoord (wat bijzonder dat je je kunt herinneren wat je in 1955 hebt gezegd, en wat bijzonder dat dat kolossale museum van indrukken in het uur van je dood tot niets verschrompelt), ik zei: 'U zit bij een botsing in uw auto beklemd als een sardine in zijn blikje, ik vlieg als een vogel door de lucht, kwak op het asfalt, en sta met wat schaafwonden weer op, motorrijden is lang niet zo gevaarlijk als autorijden.' Een uitdagend, jeugdig antwoord, niet gespeend van elan, maar onwaar, gewoon niet strokend met de onontkoombare waarheid van ziekenhuisstatistieken.

Tot een maand geleden ben ik motor blijven rijden, weliswaar met tussenpozen, maar globaal kun je toch zeggen dat ik het mijn hele leven gedaan heb. En altijd met het grijze idee in mijn achterhoofd dat ik het niet moest doen, altijd met mezelf in dialoog: Wat is de verhouding tussen het genot en het risico? (Deze dialoog is waarschijnlijk de dialoog—bij het roken, bij het beklimmen van steile bergen, bij het neuken zonder condoom in een vreemd bed, bij het diepzeeduiken, bij het oorlogvoeren.) Altijd, achtendertig jaar lang, heeft het genot gewonnen, het genot had de sterkste argumenten, ook al deugden ze niet. Ik zal ze, bij het scheiden van de markt, nog even opsommen: een motorfiets is zo mooi, en, meer dan een auto, afhankelijk van het form-follows-function-principe, een stuur, een zadel, twee wielen en daartussen, hangend, een motorblok. Hij neemt weinig plaats in, je zit eigenlijk in de natuur of wat daar nog van over is, je voelt de wind en als je het een beetje treft, kun je de geuren opsnuiven van gemaaid gras of zacht opkringelende bladervuurtjes. Bovendien ben je alleen, je hoeft de kinderen op de achterbank niet te slaan of te voeren met drop of chocola, je hoeft je niet te ergeren aan het gepraat op de radio, je bent een diepademende krijger in de wind. Daar staat tegenover dat een steen op de weg het eind van je leven kan betekenen, om maar te zwijgen van een overstekende kat of een sliertje motorolie op het asfalt. Maar omdat het gevaar ook weer een bestanddeel van het genot is, had ik na elke behouden rit het triomfantelijke gevoel '*het is volbracht*', de martiale noot in mijn saaie en geregelde leven.

Maar het is afgelopen, ik rijd geen meter meer op het ding, ik ga het van de hand doen en houd er een lege plek voor in de plaats. Ik heb mijn les geleerd. Een van de beroemdste zinnen uit onze literatuur mag dan luiden *Het leven heeft mij godzijdank niets geleerd*, ik wil het in dit geval toch anders doen. Een maand geleden, de vooroorlogse hitte dwong je bijna motorrijder te worden, maakte een van mijn beste vrienden, Johannes V., op zijn motorfiets een doelloos zondagochtendritje. Vlak bij zijn huis, op de provinciale weg (dat zijn de gevaarlijkste) passeerde hij een auto die op dat moment linksaf sloeg. Nu ligt hij al een maand op de intensive care-afdeling van het academisch ziekenhuis. Hij heeft een dwarslaesie, kan zich niet meer bewegen, en door allerlei complicaties—zichtbaar door machinerieën waar ik bijna niet naar durf te kijken—kan hij ook niet spreken.

Gisteren ben ik voor het eerst bij hem op bezoek geweest.

Ik durf eigenlijk niet, maar ik ga toch, want ik durf ook niet níet te durven. De honderdvijftig kilometer die ik moet rijden (in mijn vette zescilinder Opel Omega 2.6 i, een arrogante, rijdende vesting) geven mij ruimschoots de tijd aan andere dingen te denken. Ik ben nog nooit op de high tech-afdeling van een ziekenhuis geweest, je moet je via een intercom melden, de deur is stevig op slot.

Daar ligt hij, menselijk leven in een web van draden en slangen, bewaakt door vriendelijke machines die via hun schermpjes rustig en regelmatig knipogen. Het enige apparaat dat ik een beetje begrijp, is de blad-omsla-machine. O, wat prachtig. Naast zijn hoofd ligt een rubberen balletje aan een slangetje. Als hij dat aanraakt, komt de machine in actie en slaat een pagina om van het boek dat zij in haar macht heeft. Johannes V. leest, het apparaat helpt hem, pagina na pagina. Dat mag ook wel, want deze motorrijder is leraar Nederlands en lezen is dus zijn vak. Praten trouwens ook, maar dat gaat nog even niet. Hij kan wel luisteren naar mijn panische verhalen, maar als hij reageert, blijk ik een miserabele liplezer te zijn. Zijn vrouw moet steeds vertalen, zij heeft aan een halve lip genoeg en voor noodgevallen heeft ze een letterbord waarmee gissenderwijs woorden gevormd worden.

Johannes V. en ik hebben vroeger op dezelfde school lesgegeven, we waren collega's en werden vrienden. We waren ook hetzelfde type onderwijzer, meer geïnteresseerd in de onbegrijpelijke mooiigheid van de poëzie dan in de onderwijskundige rimram die de leraar voortdurend bedreigt. Maar hij was beter dan ik, trok zich minder van de autoriteiten aan, ging een onafhankelijker weg (heeft zelfs eens een 'dienstbevel' of zoiets van het bevoegd gezag ontvangen) en had dan ook meer resultaat. Dat zie ik hier in het ziekenhuis. Twee meisjes hebben hem een kaart gestuurd.

Toen ze van het ongeluk hoorden, zijn ze naar hun school gegaan—hoewel de vakantie begonnen was, konden ze toch nog even in hun lokaal, waar Johannes V. 'De Nachtegalen' van Bloem op het prikbord had bevestigd. Ze herinnerden zich wat hij over dit gedicht verteld had—meisjes uit 3 mavo. Ze schreven het over op de kaart. Die ligt nu op de intensive care-afdeling.

De Nachtegalen

Ik heb van 't leven vrijwel niets verwacht.
't Geluk is nu eenmaal niet te achterhalen.
Wat geeft het?—In de koude voorjaarsnacht
Zingen de onsterfelijke nachtegalen.

Ik moet de lezers van deze krant bekennen dat ik bij dit gedicht, in deze omgeving mijn nagels wel in mijn handpalmen moet drukken.

NEGER

Mijn jongste dochter is vijfentwintig jaar geworden, ik rijd naar Amsterdam om haar te feliciteren. Ze woont in het centrum, het is koopavond, ik parkeer mijn auto bij het Zuiderbad en loop de stad in. In het Zuiderbad heb ik vijftig jaar geleden mijn A-diploma gehaald. Een bijzondere prestatie, want ik zat liever onder de waterval. Nog liever klom ik óp de waterval, maar dat mocht niet, er verscheen dan een strenge, in het wit gestoken bewaakster die met harde stem riep: 'Fan de bron af, fan de bron af.' Voor die vrouw was ik bang, daarom gehoorzaamde ik. Nu loop ik langs het bad dat zich mij niet herinnert, de vrouw is dood, mijn dochter is jarig.

Een uurtje later loop ik met een groepje familieleden door de Leidsestraat. In de verte is een samenscholing, mijn hart zindert van grote-stadsgevoelens. Vier politie-auto's staan bij een tram. Twee agenten hebben een boef klem in een abri. Hij houdt zijn handen boven zijn hoofd en praat vertwijfeld. Ik hoor zijn stem niet, maar zie de woorden *onschuldig, onschuldig* uit zijn mond komen. Een luie, tevreden omstander zegt tegen zijn vrienden: 'Goed dat er politie is.' Ze lachen. Hij zegt: 'Nee, ik méén het.' Ze blijven lachen, en hij lacht nu ook. Ik lach niet, ik weet niet wat ik denken moet, ik heb 's middags een werkstuk over de Sureté gelezen, in 1810 opgericht door een vooraanstaande boef, Eugène François Vidocq. Bijna al zijn medewerkers waren bajesklanten. Het was een succesvolle onderneming, je moet gevoel hebben voor de misdaad om van dit vak iets te maken.

In de Reguliersdwarsstraat gaan we eten in Rose's Cantina, een Mexicaans restaurant. Ook een succesvolle onderneming, want alle tafels zijn bezet. Als we een half uur willen wachten, kunnen we bediend worden. We staan bij de bar, en drinken. Ik drink op

aanraden van mijn schoonzoon Corona, Mexicaans bier. Het smaakt goed. Hij zegt dat ik er kanker van krijg. 'Waarom raad je me het dan aan?' vraag ik. 'Grapje,' zegt hij. In Mexico is ooit een grote rel geweest, omdat de concurrent van Corona op slinkse wijze het kankerverhaal de media binnenloodste. Grote processen, Corona won, geen kanker, ik drink er nog eentje.
Dan marcheert het hoogtepunt van de avond binnen, een groep luidruchtige dertigers. De grootste schreeuwer raakt mijn gezicht even aan en roept dat ik op Cousteau lijk (hij weet niets van mijn jeugd in het Zuiderbad, hij was nog niet geboren, het is zelfs de vraag of zijn ouders het levenslicht al hadden gezien). Ik ben wel enigszins op mijn hoede, in cafés zijn de emoties geconcentreerd en is een onzichtbare vonk soms genoeg. Ze lijken me succesvol, en ik zeg tegen mijn schoonzoon dat ik wel begrijp waarom Bolkestein zo gewonnen heeft. Dat horen ze. Er barst een brooddronken gejuich op, ze zingen een VVD-lied—niet het officiële, lijkt me, een eigen versie—en heffen het glas. Ik pieker, studenten zijn het niet, misschien beurshandelaren. Elke avond zie ik die op de tv, geheimzinnige dienaren van het kwaad, die schreeuwend en tierend financiële stormen over de wereld jagen, terwijl hun vingers kleine en intieme bewegingen maken. Ik besluit er eentje aan te spreken, ik prepareer een deftig zinnetje: 'Zoudt u me willen inlichten omtrent uw bezigheden?' Hoewel hij de dt-constructie in het eerste woord niet kan horen (spelling is geen taal), moet hij geïmponeerd zijn door het beleefde 'U', door het rare 'omtrent' (persoonlijk vind ik dit een van de idiootste woorden uit onze taal, u moet er eens op letten, het wordt altijd in vreemde, onwennige situaties gebruikt, en het staat nooit goed op zijn plaats), en het stijve 'bezigheden'. Het ijs breekt, we worden vijf minuten vrienden—als ik in een grote stad zou wonen, zou ik iedere avond een vol café bezoeken, de warmte, het rumoer, de drank, het schouder aan schouder staan, de prikkelende sigarettenrook, het gehaaste lopen van het personeel, en dus: de vriendschappen, de diepe, eeuwige café-vriendschappen.

De jongemannen zijn geldhandelaren. Hij legt me efficiënt uit wat zo iemand doet. Als je een huis wilt kopen of verkopen, ga je naar een makelaar. Die brengt de partijen bij elkaar. Dat kun je ook doen als je geld wilt kopen of verkopen. Ze werken bij een onafhankelijk kantoor, de banken zijn hun klanten. Ik lijk het te begrijpen, maar dat is schijn, want ik houd in het geniep vast aan mijn romantische idee van geld. Geld is een rond, gouden muntstuk en dat ruil ik voor *iets*, een ding. Ik ruil dus een ding voor een ander ding. Volgens afspraak: tien gouden munten = één gezonde koe. Volgens mij kun je met geld geen geld kopen, dat is blazen in de wind, deze jongemannen zijn windhandelaren. Een Mexicaanse dienster komt zeggen dat hun tafels beschikbaar zijn, ze verwijderen zich stampend en schreeuwend. Als de schreeuwer mij passeert, roept hij enthousiast: 'De VVD, maar we hebben er wel een neger bij.' Ik kijk, verdomd, hij heeft gelijk, er is ook een neger bij. Geen mens, een alibi.

Geachte heer Van der Moer,

Ik kreeg van de geldhandelaar met wie ik *on speaking terms* was, een visitekaartje: R.P. Fruyswijk, Holder of Procuration (mijn vader was ook procuratiehouder, Nescio ook, het is een baantje voor dichters en dromers. Dacht ik tenminste, maar na het treffen in Rose's Cantina twijfel ik), HAIGHTON & RUTH, TMS BV, Prins Hendrikkade 173, 1011 TC Amsterdam.

Ik weet niet of R.P. Kruyswijk een partituur van Schubert in zijn bureau verbergt, maar aan de andere kant, hij is een mens, hij heeft dromen, ik moet mild zijn.

Humanistische groeten

TRAAN

Toen het afgelopen was, moest ik aan Lorentz en Leopold denken. Lorentz beweert dat een vlinder in het Andes-gebergte met een nietige vleugelslag het begin van een atmosferische storing kan veroorzaken, die na een reis over bergen, dalen en zeeën uitloopt in een orkaan op een Zuid-Japans eiland—veel doden, onberekenbare schade en de val van het huis Barings. En Leopold heeft een gedicht gemaakt waarin de beelden van een geplengde druppel wijn en een vallende appel in mijn geheugen gegrift staan. De wijn wordt uit een offerschaal gegoten in de oceaan—'bij priesterlijke lofspraak en gebeden, opdat de zee, opdat de barre winden genadig zijn en blank naar hartewensch'—en één enkele druppel kleurt alle zeeën van de wereld, van de Pool tot aan de evenaar. De appel die van de boom valt, verstoort het evenwicht van de gehele aarde. In de niet te evenaren woorden van de dichter: '- met den val schokt zij den stand van afgewogenheid, waarin de aarde hing in hare polen -'.
Daaraan had ik moeten denken toen ik bij mijn slotwoord achter het katheder stond, maar mijn hersenen hadden iets anders in de zin: ik sprak over 'basisdemocratie', niet zo'n mooi woord, maar ik wist zo gauw niets beters. De Fransen noemen dit verschijnsel 'l'esprit d'escalier', de geest die pas vaardig wordt als je alweer op de terugweg bent, op de trap naar de buitendeur. Er was inderdaad een trap in het gemeentehuis, waar men mij uitgenodigd had als in- en uitleider. Ik woon in een buitengebied—bossen, boeren, campings. Daarover organiseerde de gemeente een informele ontbijtbijeenkomst, waarbij vertegenwoordigers van belangenorganisaties waren uitgenodigd. Mij was gevraagd hardop te dromen bij wijze van inleiding, vervolgens te luisteren naar alle meningen, om die dan ten slotte samen te vatten. Het eerste deel

van de opdracht trok me wel, voor het tweede deel was ik een beetje bang (zo officieel, zo voorzitterachtig, zo in de sfeer van de cursus 'Efficiënt vergaderen'). Op de ochtend van het ontbijt, dat om negen uur zou beginnen, stond ik om zeven uur op, ging in de stille kamer zitten en bedacht wat ik zou gaan zeggen. De boeren zou ik het niet naar de zin kunnen maken, de campinghouders zouden zich wellicht ergeren aan mijn badinerende toon, en de milieubeschermers zouden zich misschien bekocht voelen, omdat ik—zoals altijd—niet echt partij koos. Maar ik heb wel degelijk meningen. Bijvoorbeeld: je moet altijd poëzie aan de man brengen. Als het ergens stil is, en men zwijgt uit belangstelling of fatsoen, dan snel een gedicht en over tot de orde van de dag—salamitactiek. Omdat het in ons buitengebied vaak om koeien óf bomen gaat, las ik van Vasalis 'Aan een boom in het vondelpark'.

Er is een boom geveld met lange groene lokken.
Hij zuchtte ruisend als een kind
terwijl hij viel, nog vol van zomerwind.
Ik heb de kar gezien, die hem heeft weggetrokken.

O, als een jonge man, als Hector aan de zegewagen,
met slepend haar en met de geur van jeugd
stromende uit zijn schone wonden,
het jonge hoofd nog ongeschonden,
de trotse romp nog onverslagen.

Daarna zei ik dat men met dit gedicht een lijn kon trekken: wie pijn leed en zich droevig voelde na de laatste woorden, stond aan de ene kant, wie op zijn calculator berekende hoeveel Italiaans raaigras op de plek van die boom zou groeien en hoeveel melk dat zou opleveren, stond aan de andere kant. Maar omdat ik de hardheid van deze tweedeling wilde relativeren, kwam ik ook nog met 'Tijd' van dezelfde dichter, want in dit gedicht kun je lezen

dat de mens een onbetekenende figurant is en dat de natuur zich in haar monsterlijke onverschilligheid van ons zal ontdoen zoals wij een vlieg verdelgen met onze milieuvriendelijke spuitbus. (*Hoe kón ik dat niet eerder weten, niet beter zien in vroeger tijd? Hoe moet ik het weer ooit vergeten?*)
Daarna gingen we ontbijten en discussiëren. Na een uurtje kwam iedere tafel met het resultaat van de beraadslagingen. Er moesten meer fietspaden komen, en trekkershutten, de boeren moesten niet zo gehinderd worden door fnuikende regelgeving, de natuur moest behouden blijven en de toerist vertroeteld. Maar ook het tegendeel, van alles het tegendeel. De nieuwkomers uit het westen moesten niet zo'n grote bek hebben, en zich aanpassen aan de traditionele gemeenschap. Cross-motoren moesten uit het natuurgebied geweerd worden, of juist niet. Gemeente-ambtenaren schreven alles ijverig op. Er was ook een man die vond dat uitgeprocedeerde asielzoekers in onze streek opgenomen zouden moeten worden om op hun eigen wijze landbouw te bedrijven, markten te openen, en in harmonie met de witmensen feest te vieren. Ik wist natuurlijk niet hoe ik dit alles moest samenvatten, maar sprak optimistische woorden over de bijeenkomst zelf—basisdemocratie. Pas op de trap, toen het dagelijkse cynisme me alweer bedreigde, kwamen Lorentz en Leopold tevoorschijn.
Thuis plengde ik een traan die het evenwicht van de aarde verstoorde en het zoutgehalte van de atmosfeer tot in Wladiwostok veranderde.

Geachte heer Van der Moer,
Een incident op zaterdagavond. Ik zit bij Möricke op zijn jongenskamertje, radio 4 speelt een cultureel deuntje, er is niets aan de hand. Ik moet ieder weekend naar M., want hij heeft een computer en ik niet (zou ik er niet een kunnen krijgen, huren of leasen van Uw krant, of vindt de directie me daarvoor niet belangrijk genoeg?). Bovendien kan hij sneller typen dan ik (het

lijkt wel of iedereen alles beter kan dan ik) en daarom zit ik naast hem en dicteer het stukje. Ik ontdekte dat ik in de tweede zin twee keer *kan veroorzaken* had geschreven, dicht bij elkaar, en maakte me op om er één te schrappen en er *uitloopt in* van te maken. Möricke zette de val—hij vroeg: 'Elegante variatie?' En ik antwoordde argeloos: 'Ja.' (In mijn achterhoofd dacht ik wel aan Karel van het Reve, alias Henk Broekhuis, maar ik schonk er geen aandacht aan, want ik mag zelf toch ook nog wel wat willen?)
Möricke boog zich uit zijn stoel naar zijn boekenkastje waar alleen maar mooi ingebonden Oxford-boekjes staan, en haalde eruit: *A dictionary of modern English usage*, by H.W. Fowler. Dit exemplaar was van 1972, maar de eerste druk dateert van 1926!
Hij las pesterig voor: 'Elegant variation. It is the second-rate writers, those intent rather on expressing themselves prettily than on conveying their meaning clearly, and still more those whose notions of style are based on a few misleading rules of thumb, that are chiefly open to the allurements of elegant variation.'
En lachte.
Nou wil ik me niet verbergen, maar ik ben natuurlijk een *second-rate writer* naast Maarten 't Hart, Harry M., A.F.Th. van der Heijden en Leon de Winter. Bovendien ben ik een schoolmeester die al 25 jaar tegen zijn leerlingen zegt dat ze functieloze herhaling moeten vermijden, en zich moeten oefenen in elegante variatie.
Maar het was toch een pijnlijk moment.
Möricke staat op het standpunt van Henk Broekhuis: er is niks tegen herhaling, lelijk of niet.
(Ik was trouwens blij dat hij beaamde dat *rules of thumb* vuistregels zijn. Uit de duim gezogen.)
Onze samenwerking, waarin ik de vragende en dus zwakke partij ben, krijgt trouwens soms het karakter van inmenging. Möricke stelde bijvoorbeeld voor om de vlinderslag in het Andes-gebergte niet alleen te laten uitlopen op vele doden en onberekenbare

schade, maar ook op de val van het huis Barings. Hoewel ik over het algemeen niets van dien aard duld, vond ik het absurd en geestig, en voegde het toe.
De traan laat zien dat ik een belangrijk man ben in Lochem. En dan heeft U de inleiding van de burgemeester nog niet gehoord. Zij noemde mij een 'echte schrijver' en zei dat de gemeente trots was dat ik daar woonde! (Second-rate of niet, daar repte ze niet van.)
Voor de ontbijtbijeenkomst was ik uitgenodigd door de gemeentesecretaris, mr dr Visser. In mijn praatje legde ik uit dat ik de uitnodiging had aangenomen omdat hij gepromoveerd was. Het doctorandusschap is een inmiddels zo gedevalueerd middenstandsdiploma geworden dat een echt gepromoveerd persoon iets bijzonders is.
Ik ben daar gevoelig voor omdat ik een slavennatuur bezit, gevoelig voor hiërarchische structuren. Mijn 'anarchisme' is dan ook niets anders dan een opstand tegen mezelf, ik haat mensen met een slavennatuur. Daartegenover staat niet meteen de door Nietzsche verzonnen heerser, maar meer de sceptische, onverschillige 'citoyen', ironisch, ongelovig, onfundamentalistisch. Maar ja, het is voor mij een dagelijkse strijd, een onophoudelijke confrontatie. Möricke bijvoorbeeld zegt dat hij een fotografisch geheugen heeft, en ik geloof hem. Hij kan inderdaad veel beter spellen dan ik. Toen hij dan ook zei dat Lorenz Lorentz heette, geloofde ik hem en stond toe dat hij de T toevoegde. Thuis stond een boek—over agressie—in de kast. Van Lorenz.

Eigenlijk was ik van plan iets te schrijven over het moreel-correcte gekkenhuis waarin ik verzeild ben geraakt. In een bui van vaderlijke goedmoedigheid zei ik 'liefje' tegen een vrouwelijke collega, er niet aan denkend dat ze gediplomeerd vertrouwenspersoon van de school is, gespecialiseerd in onrecht en leed en assertiviteit. Ik werd dan ook stante pede gekapitteld,

alsof ik haar een oneerbaar voorstel had gedaan. Alle nuances verdwijnen bij deze ideologische rechtlijnigheid, het is opereren met een bijl.
Toen ik het verhaal vertelde aan mijn oudste dochter (om steun, om bijval), reageerde ze genuanceerd, zeer genuanceerd. In het restaurant waar ze werkt, zegt de kok 'schatje' tegen de serveersters als ze iets verkeerd doen, anders niet. Mijn dochter vindt dat vervelend. Ik leg haar uit dat die kok natuurlijk een seksist is (en waarschijnlijk ook nog een fascist en een racist), maar dat je zo iemand toch niet kan vergelijken met mij, haar oude, naïeve vader?
Ze lachtte fijntjes, ik weet niet precies hoe ik dat moet interpreteren.
En ik had nog een onderwerp, heel pijnlijk. Möricke en ik dachten dat Hector Achilles had verslagen en achter de wagen had meegesleept (aan zijn doorboorde achilleshielen natuurlijk), maar het bleek niet zo te zijn. Achilles heeft Hector verslagen en is zelf gedood door de verwijfde playboy om wie alles begonnen was, Paris.
Het zou een stukje over falende kennis zijn geworden, maar het werd TRANEN.

Archaïsche groeten,
seksist
fascist
racist

3 IV 95

CLUB

Ik ben nieuwsgierig, ik wil altijd weten of de anderen het begrijpen. En *het* is niet de uitkomst van een sommetje, een grammaticaal probleem of het uur van mijn dood, het is het levensraadsel, voor minder doe ik het niet. Daarom was ik erg benieuwd naar de leden van de NLC, de Nescio Leesclub. Ik was daar om een praatje te houden, uitgenodigd door de voorzitter, die ik enigszins ken, ik heb hem twee keer ontmoet, genoeg om te weten wat voor vlees je in de kuip hebt. Maar behalve de brandende behoefte aan een antwoord, was er nog iets dat me onweerstaanbaar trok: het speldje. Als je daar optreedt, krijg je het speldje. Het is het hoedje van Nescio, uitgevoerd in hout! Ook al zou het niks worden, al zouden ze me honen en hardop zeggen dat ze een kat in een zak hadden uitgenodigd, dan nog zou ik als een vorst naar huis rijden, bezitter van het houten hoedje. Ik zou trouwens niet naar huis rijden, maar naar mijn caravan, want die had ik meegenomen naar de lezing. De voorzitter had wel gevraagd of ik bij hem wilde logeren, maar dat had ik moeten weigeren. Ik slaap slecht in onbekende huizen, en als ik 's nachts moet plassen en trillerig op een onbekende gang loop, op zoek naar de wc, en ik kom een vreemde tegen, ook in nachtkleding, of misschien wel naakt, dan weet ik niet wat ik moet zeggen. Over zulke dingen lees ik graag in boeken, ik lees überhaupt graag over alles wat het leven in petto heeft, maar in werkelijkheid ben ik dankbaar als deze bekers aan mij voorbijgaan. Ik parkeerde mijn caravan dus in de Kennemerduinen, aan de kop van de Zeeweg, vlak bij het strand. Het is een uitgestrekte camping en er was bijna niemand (o, kon het altijd april blijven, schraal en armoedig, enkel belofte, en nooit de vervulling). In het pannetje waar wij stonden, bivakkeerden twee kauwen, twee eksters en één konijntje. Ze bleven, want ze begrepen dat ze van ons niets te duchten hadden. Voordat we naar het huis van de voorzitter reden, deden we nog even inkopen bij Dirk van den Broek in Zandvoort. Mijn vrouw ging naar binnen, ik bleef buiten in de scherpe wind. Mijn pet woei van mijn hoofd, ik holde erachteraan. De pet rolde als een wiel, zodat een toeschouwer had kunnen denken dat er een ouderwets spelletje werd gespeeld. Ik voelde me onbeholpen, wat ik toch eigenlijk niet ben, ik was altijd lenig en sappig, en repareerde mijn huis tot in bijna onbereikbare nokken. Vorige week ben ik nog een halve dag bezig geweest met de dakbedekking van mijn woonwagen, die er door onredelijk felle windstoten was afgescheurd. Nu en dan voelde ik me wel even duizelig en ik merkte dat het toch niet meer als vroeger was, ik ben bang dat de jaren nu werkelijk gaan tellen, dat ik een oude man aan het worden ben (en bij Nescio kun je lezen dat dat geen lolletje is). Vóór Dirk van den Broek stond een baardige jongeman die *Manifest* uitdeelde, de krant van de NCPN, de nieuwe communisten. Ik ging uit de wind staan en las. Ik werd zoals altijd bevangen door heimwee en verlangen, ik had altijd communist willen zijn, een man met een mooi, groot ideaal en achterover gekamd haar, de Sovjet-Unie als Moeder—vlaggen, zomerkampen, optochten. Maar omdat ik er tegelijkertijd altijd om moest lachen, en een hekel heb aan vlaggen, zomerkampen en optochten, is het nooit iets geworden. Maar ik houd een warm plekje voor baardige jongelui die voor de ingang van een supermarkt hun ideaal uitventen, en ik haat de lege cynici die daar om lachen. (En dat in Zandvoort, bruine, brutale koppen, vierwiel-aangedreven Japanse jeeps, surfplanken op het dak, de 'markt' in beweging.) Bij de Nescio Leesclub mocht ik in een voorname stoel zitten en iets vertellen. De voorzitter had gezegd 'lul maar wat', maar dat had ik toch niet aangedurfd, ik had iets meegenomen om voor te lezen. Het waren twee brieven die ik geschreven had aan de leerlingen van een scholengemeenschap. Daar had ik in december een voordracht gehouden, die me

bij nader inzien toch niet bevallen was. Om ze schadeloos te stellen schreef ik ze een brief met daaraan vastgeniet een verhaal van John Cheever. Het gaat over een man met een strenge, ambitieuze vrouw. Ze is lerares, ik ken dat type heel goed, want ik heb op vele scholen lesgegeven. Deze vrouw maakt een grote ommezwaai, ze neemt ontslag en gaat bij een sektarisch toneelgezelschap werken. Ze speelt in een stuk, waarin iedereen met iedereen in het openbaar copuleert, of de copulatie simuleert, wat voor de wanhopige echtgenoot in de zaal natuurlijk geen verschil maakt. Het is een mooi verhaal, de details zijn in orde en de afloop ook. In mijn begeleidende brief vertel ik ze iets over mijn ontmoeting met een oud-collega, een doctorandus in een prachtige taal, ouderwets eerstegraads, waarschijnlijk f 4700,- netto per maand, een verzorgde oude dag via het ABP, en een medewerkende vrouw. Deze man heeft om verschillende redenen de pest aan mij, maar de voornaamste is dat ik hem bij zijn achternaam noem. Dat vindt hij afstandelijk en arrogant. Ik vraag hem: 'Vind je Bekker en Bavink dan arrogant?' Hij blijkt niet te weten wie Bekker en Bavink zijn. Ik neem hem dat kwalijk, omdat hij een goedbetaalde cultuuruitdrager is, ik bedoel hoort te zijn. Hij moet weten wie Max Havelaar heeft geschreven en er iets over kunnen vertellen aan Tante Truus. Hij moet weten dat er in Villa des Roses iemand ongewenst zwanger wordt en teruggaat naar haar geboortedorp. En ten slotte moet hij weten dat Bekker en Bavink in Nederland gewoond hebben en langs het Buiten-IJ hebben gewandeld. En dat weet die lul allemaal niet, hij speelt mooi weer van mijn belastingcenten, staat in trui voor de klas, heeft zijn boeken in een gele schoudertas, en verkoopt assertieve *Volkskrant*-praatjes aan zijn leerlingen.
Nadat ik dat heb voorgelezen, zijn er vragen. Iemand heeft ergens gelezen dat ik van limonade-achtige oppervlakkigheid houd en hij wil weten wat dat betekent. Ik ben half en half vergeten wat ik daarmee bedoelde, maar mijn hersenen werken mee en produce-

ren het volgende antwoord: 'In een gedicht van Remco Campert staat dat Voltaire zich van de pokken genas door tientallen liters limonade te drinken. Dat is op een oppervlakkige wijze gebruik maken van de geneeskunst, en ik denk dan ook dat "limonadeachtige oppervlakkigheid" op die associatie berust.' Ik voeg eraan toe dat het waarschijnlijk in het gedicht over Marianne Moore staat. Een neerlandicus in het gezelschap valt mij bij en stelt voor het even op te zoeken in zijn exemplaar, hij woont enkele huizen verder. Dat doen we, maar het lukt ons niet, het moet een ander gedicht zijn. We zoeken niet verder, maar hij speelt op mijn verzoek iets op zijn clavecimbel. Daarna gaan we eten en drinken. Vervolgens houd ik weer een praatje, terwijl ik in de voorname stoel zit. Als ik klaar ben, haalt de voorzitter het cadeautje tevoorschijn, ingepakt in een feestelijk stukje papier van één bij twee vierkante centimeter. Het houten hoedje wordt mij opgespeld door een dame die de club is binnengekomen met een opmerkelijke score: op de veertig vragen over Nescio wist ze eenenveertig goede antwoorden. Mijn hart bonst nu iemand met zoveel gespecialiseerde kennis mij aanraakt. Daarna gaan we weer eten en drinken. De Nescio Leesclub is een ongegeneerd, luidruchtig gezelschap. Er wordt veel geschreeuwd, ze kussen elkaar op kale hoofden, een kunstschilder die vijf jaar in Rio de Janeiro de baas van een sambaschool was, wordt ruwweg met 'bosneuker' aangesproken omdat hij vaak bomen schildert, en ook een opvallende man van homoseksuele geaardheid wordt goedmoedig bespot om zijn afwijking, hijzelf is zich overigens van geen kwaad bewust 'want hij kan er niets aan doen'. In dit pandemonium vertelt mij ook nog iemand dat Karel van het Reve Gods liefde heeft vergeleken met de KGB die iedere ochtend aan je deur klopt om te vertellen dat je die dag *niet* gearresteerd wordt. Een volle avond, ik slaap dan ook twaalf uur onafgebroken in het duinpannetje. 's Morgens schijnt de zon, ik zie twee kauwen, twee eksters en een konijntje. Ze weten van niks (vermoed ik).

Geachte heer Van der Moer,

Ik ben geen kenner, ik ben een zoeker. Toen ik thuiskwam uit Bloemendaal pakte ik *Alle bundels gedichten* van Remco C. en bladerde 469 pagina's door. Ik begon op blz. 227. Ik las t/m 469. Toen begon ik op blz. 9. Ik las tot 227. Voltaire liet zich niet zien, de pokken ook niet. Op blz. 183 zag ik het woord 'limonade-dranken'. Verder niks gevonden, een uur bezig geweest (kostbare tijd—waarom eigenlijk?).

Ik denk dat ik het houten hoedje niet draag, ik ben bang voor verlies. We moeten er een terugvindbaar bergplaatsje voor vinden, zodat ik het kan opspelden als ik weer eens bij de koningin word uitgenodigd.
De man die me vroeg wat limonade-achtige oppervlakkigheid was, was de grafisch ontwerper van Jiskefet. Hij gaf me een affiche, een varken aan de vloedlijn, piepend.

Vriendelijke groet

10 IV 95

PS *Manifest* is geschreven in communistenjargon. Dat is aandoenlijk als de partij bergopwaarts strompelt, en angstaanjagend als ze de top bereikt heeft, en door haar macht opgevreten wordt.

Zoals Möricke de vorige keer, in TRAAN, een vinger in de pap had met 'de val van het huis Barings', zo is mijn inbreng in club 'en achterover gekamd haar'.

In *Het Parool* stond een stukje van Jan V. over verraderlijke woorden (nav de taalkundige jacht op RaRa-sympathisanten,

burgermeester ipv burgemeester). Hoe een communistische vriend van hem door de Gestapo ontmaskerd werd in een ontspannen gesprek.
Ze luisterden alleen naar zijn woorden. Hij kwam niet terug uit het kamp. Er stond niet bij of hij achterover gekamd haar had. Waarschijnlijk wel, dat hadden ze allemaal in die tijd, gereformeerden, communisten, landwachters en meiboomdansers.

IZI WUDNAK

Pas toen ik de postcode op de enveloppe schreef, realiseerde ik me dat dit de eerste brief was die ik ooit naar Maastricht stuurde. Hij ging naar een van mijn ex-schoonzoons, die daar in het ziekenhuis ligt. Omgekeerd is het weleens gebeurd, ik heb ooit een brief uit Maastricht naar het noorden gestuurd. Het was in 1982, ik was in die tijd gefascineerd door het woord Maastricht, en het leek me een opwindende gebeurtenis om een brief te ontvangen uit die stad. Ik stelde me voor hoe ik aan tafel zou zitten met de enveloppe voor me, ik zou kijken naar de gestempelde postzegels en het woord Maastricht ontcijferen, ik zou zeer gelukkig zijn. Maar zo ver kwam het nooit, want ik kende niemand in Maastricht en niemand stuurde me dus een brief vanuit die plaats. Daarom besloot ik het maar zelf te doen. Ik schreef een brief aan iemand, stapte in de trein, reisde vier uur, liep van het station naar het postkantoor en vroeg of de brief in mijn bijzijn van het stempel Maastricht kon worden voorzien. Dat kon niet, maar toen ik had uitgelegd dat het een private actie betrof ter bevrediging van een diep en onbegrepen verlangen, haalde de beambte een in onbruik geraakte stempelaar tevoorschijn en stempelde voor mijn ogen! Later heb ik aan de geadresseerde gevraagd of hem het stempel Maastricht was opgevallen, maar hij had er niet op gelet, de meeste mensen letten niet op zulke dingen, iedereen leeft een volstrekt eigen leven, gemeenschappelijkheid is bedrog.

Ik maakte mijn postale reisje niet alleen, ik had mijn jongste zoon meegenomen. Die is nu vierentwintig en was toen dus elf jaar. (1995—1982 = 13, en 24—13 = 11). Ik kan me niet herinneren waarom ik hem meenam, ik kan me bijna niets van mijn leven herinneren, ik heb iedere dag duizenden gedachten gehad en duizenden dingen gezien en ik heb duizenden dagen geleefd—het is onmogelijk je dat te herinneren. Maar omdat een leven zonder herinnering zo kaal is, verzin ik mijn verleden. Wellicht heb ik gedacht: als ik hem meeneem naar Maastricht en hij ziet dat zijn vader acht uur in de trein gaat zitten om een brief te laten afstempelen zonder juridische, financiële, economische of maatschappelijke reden, dan zal dat invloed hebben op zijn leven. Misschien weerhoudt het hem ervan een HBO-studie Bedrijfskunde te gaan volgen.

Dat heeft in ieder geval resultaat gehad, want hij is kunstenaar geworden, hij doet deze week eindexamen en maakt daarvoor twee zeer grote houten beelden. In Amsterdam, waar hij woont, heeft hij daarvoor geen ruimte, hij gebruikt weer het ouderlijk huis. Niet de huiskamer, zo ver gaat onze ouderlijke opofferingszin nu ook weer niet, maar een grote schuur. Ik zie hem de laatste maanden dus weer regelmatig, we zijn weer zorgende en verantwoording dragende ouders geworden. Als ik de enveloppe schrijf, vraag ik hem of hij zich herinnert dat we in 1982 die brief zijn gaan posten in Maastricht. Hij is verbaasd, hij is nog nooit in Maastricht geweest. Ik vertel hem enige details. We zijn nog een kapel binnengelopen, honderden brandende kaarsen, Stella Maris. En we hebben staan kijken bij een huis waar iemand woonde die Izi Wudnak heette. Ik heb nog zachtjes aan hem gevraagd: 'Zou jij niet Izi Wudnak hebben willen heten, zo'n prachtige naam van achter de horizon?' En hij heeft bedremmeld ja geknikt. Maar nu is hij vierentwintig en lacht me uit: 'Laat toch zitten, ik ben nog nooit in Maastricht geweest.' Het verleden.

Waarschijnlijk is hij over dertien jaar ook weer vergeten wat er vorige week gebeurde. Hij was weer even terug naar Amsterdam om zijn vriendin te zien en uit te gaan. Op een ochtend belt ze op om te vragen of wij iets van hem weten, want hij is na een nacht feesten nog niet thuis. Nu treedt het oude scenario in werking: mijn vrouw is openlijk ongerust en gaat talloze mensen bellen, ik blijf op de achtergrond en houd me groot. Maar als de zon het middaguur nadert, gaat mijn vrouw met betraande ogen aan tafel zitten en rookt ketting: onze jongste zoon is ontvoerd, overreden, verdronken, mishandeld, verminkt. Dan kom ik in actie. Ik bel de centrale ambulancedienst van Amsterdam, hun computer heeft hem niet in zijn geheugen, dan de politie die mij tien minuten laat wachten, vervolgens vraagt of hij in Zaandam geboren is en ten slotte niemand van zijn naam gearresteerd blijkt te hebben. Daarna belt zijn vriendin, hij is thuis, slaapt en begrijpt niet waar we ons zo druk over maken. Wij zitten met ons tweeën als oude verfomfaaide duiven aan tafel, de tijden van zorg en opvoeden naderen kennelijk hun einde. Maar als Izi Wudnak zich de volgende dag weer meldt om aan zijn beelden te werken, heeft hij toch bloemen en taart meegenomen. Hij vond het vervelend dat we ons zo ongerust hebben gemaakt. Het is een aardig gebaar, maar voor mij had hij het niet hoeven doen, ik was het voorval alweer vergeten.

Geachte heer Van der Moer,
Op de politieschool is sprake van een ethisch reveil. Daarbij
verbaast het mij dat iedereen zo goed weet hoe er opgevoed moet
worden. Vooral over oorzaak en gevolg zijn de meningen
verankerd en verdeeld.
Mijn gezin bijvoorbeeld bestaat uit twee volwassenen en vijf
kinderen. Eén volwassene houdt van krachttermen, de ander
absoluut niet. Van de vijf kinderen houdt slechts één van gespierde
taal. Twee van de zeven dus—ik en mijn jongste dochter.
Hoezo opvoeding?

Ik heb vorige week een brief van een mevrouw uit Lunteren gekregen, ze heet M. Bon-Lindenburg, ze is niet kerks, wel vrijzinnig. Haar eerste zin: 'Ondanks het feit dat ik U vaak zo grof vind, lees ik U altijd.'
(Ik heb haar teruggeschreven dat ik niet grof ben, maar

integendeel teerhartig, en dat ze de vorm niet moet verwarren met de inhoud. De burgerlijk-christelijke waarden in dit land zijn vooral op vorm gericht, en slechts heel terloops op inhoud. De directeur van onze school bijvoorbeeld, een strenge katholiek, denkt dat het allemaal goed komt als de vorm in orde is. Hij begrijpt niet veel van de dubbelzinnigheid van het bestaan. Zijn indeling is streng en overzichtelijk—vanmorgen heeft hij op een ethiek-vergadering beweerd dat de helft van de wereldbevolking gemotiveerd is uit zichzelf en de andere helft met de stok gedwongen moet worden. Over het algemeen ben ik wel gecharmeerd van dit soort oeverloze cafépraat, maar hij kwam met een onthutsende toevoeging die mij de adem benam: *Het was onderzocht*. (Ik vermoed door Emiel [Emile?, zie verderop] Ratelband.)

Mevrouw Bon-Lindenburg uit Lunteren is een aardige vrouw. Haar brief werd niet geschreven om mij te kapittelen, maar om mij te wijzen op twee boeken van Woodhouse over varkens. Zij wilde me haar exemplaren zelfs lenen.

Deze passage van haar brief begint met een zeer bijzondere zin: 'Als Uw stukjes op *Uw* leven gebaseerd zijn, dan bent u nogal gek op Uw varkens.'

Mevrouw Bon houdt de mogelijkheid open dat ik alles *verzin*! O, ze zou eens moeten weten hoe graag ik dát zou willen. Hoe graag ik mijn enkels uit de ketting van het eigen leven zou willen verlossen.

Ze schrijft onder haar handtekening een PS: 'Achter op de enveloppe een sluitzegel met olifant. Leuk voor Uw kleinzoon. Wat benijd ik U.'

Hier twijfelt ze niet aan het werkelijkheidsgehalte van mijn stukje.

Voor haar heb ik in IZI WUDNAK 'Sodemieter op' veranderd in 'Laat toch zitten'. (Ook trouwens omdat de betrokken zoon

inderdaad nooit 'Sodemieter op' zegt. Maar dat was niet de voornaamste reden, hij had het, binnen deze tekst wel degelijk willen moeten kunnen zeggen.)
Ik ben terneergeslagen, een ethisch reveil—toch bedoeld ter opwekking—is een kloof in de aarde, duisternis, vlammen.
Ik wil me laten fotograferen terwijl ik het grote houten beeld van mijn zoon een hand geef. Ik wil U de foto sturen en ik hoop dat U 'm in een zilveren lijstje op Uw hoofdredactionele bureau zet en aan Uw bezoekers vertelt dat het houten beeld deze stukjes in de krant schrijft—onverzettelijk.

Vriendelijke groeten,

29 V 95

WANDELING

Vanmiddag had ik tijd om na te denken, want ik moest lopen naar mijn auto, die een 10.000 km-beurt plus APK achter de rug had en om zes uur opgehaald kon worden. Ik was alleen thuis, want ik heb er een nieuw kleinkind bij en mijn vrouw 'bakert' (een ouderwets woord dat betekent dat ik een week alleen slaap, mijn eigen boterhammen moet smeren en zelf moet beslissen of mijn sokken nog een dag meekunnen). Ik woon buiten en het is een uur lopen naar de garage.

Terwijl ik liep, dacht ik aan Fukuyama. Ik dacht: wat heeft hij gelijk gehad, die vervloekte Fukuyama. Ik herinner me goed dat ik in 1989 naar de boekhandel *rende* om zijn boek te kopen. De titel *Het einde van de geschiedenis* had me in grote opwinding gebracht. Ik had een halve eeuw met de last van de geschiedenis geleefd, ik kon er niet meer tegen, het was allemaal te zwaar voor me geworden, en daar werd ik onverwacht verlost door een onbekende Amerikaan die me uitlegde dat het voorbij was, ik hoefde me geen zorgen meer te maken, ik hoefde niet meer te proberen een held te zijn, ik mocht zijn wat ik was: een calculerende kleinburger. Het is geen toeval dat ik juist deze middag Fukuyama in mijn hoofd ontmoette, want mijn auto is een Opel, en er is geen auto die beter bij de kleinburger past: degelijk, saai, en altijd startklaar.

Terwijl ik langs zinderende landwegen liep en naar nieuwsgierige koeien keek en hun prachtige, gele oorversieringen bewonderde, werd ik getroffen door de stilte. Ik liep in het dichtstbevolkte land ter wereld en zag geen mens, de hemel was zo blauw als in mijn jeugd, de zon scheen zonder mededogen, en op het asfalt kwikten staartjes. Grapje: ik bedoel kwikstaartjes, een type vogel dat bij ons in de buurt veel te zien is, en waarvan ik houd omdat ik vermoed dat juist dit vogeltje al vóór 1989 wist dat de wals van de concurrerende ideologieën tot stilstand was gekomen en de liberale democratie voor eeuwig had gezegevierd. Sindsdien noem ik kwikstaartjes Fukuyamaatjes. Vanmorgen nog, ik liep door de koele gangen van de doodstille politieschool, iedereen was weg, maar in een lokaal zag ik een adspirant uit het raam hangen. Eigenlijk moest hij studeren, hij had die middag een toets. Op zijn tafeltje zag ik uittreksels van Strafvordering liggen, versierd met aantekeningen. De kandidaat echter hing uit het raam en keek naar een kwikstaartje op het grasveld, een onbekend beestje, uitgevoerd in wit, grijs en zwart. Hij vroeg of ik wist wat voor 'n vogeltje het was. Ik voelde me trots—als hij me gevraagd had naar de betekenis van het begrip *tautologie*, had ik me moe en afgekloven gevoeld, een man die zijn geld verdient—, maar nu zei ik achteloos: 'Dat is een Fukuyamaatje, een zeer zeldzame vogel, die al gesignaleerd is voor de geschiedenis een aanvang nam.' De jongen had natuurlijk moeten vragen 'Door wie dan?', maar hij was geïmponeerd door mijn algemene ontwikkeling en zweeg. Zo ontstaat hiërarchie, je denkt altijd dat de ander terecht in een hogere loonschaal zit, en de verbittering waarmee je hem probeert voorbij te streven doet niets af aan het ingewortelde gevoel dat het lot rechtvaardig (want onvermijdelijk) is.

Terwijl ik verder liep op mijn landweg, verdween Fukuyama uit mijn gedachten en kwam Lena er voor in de plaats, mijn nieuwe kleindochter van enkele dagen. Er had zich na haar geboorte in ons gezin een klein incident voorgedaan. Toen we haar bekeken hadden en 's avonds over de A1 naar huis terugraasden, zei mijn vrouw, denkend aan die kleine nageltjes, het ronde hoofdje en het vrolijke neusje: 'Ze is zo klein en kwetsbaar, ik ben bang als ik aan de toekomst denk.' Ik zei: 'Hou op, de toekomst bestaat niet, er is een kind geboren, dat is het enige waaraan je hoeft te denken.' Mijn vrouw is wel gewend aan zo'n trotse, filosofische en onbegrijpelijke uitschieter, ze weet dat die niets te betekenen heeft, maar het stelt haar toch soms wel gerust, de wereld van woorden

is machtig en troostrijk. Bovendien weet ze dat we een koopsompolis hebben aangeschaft, omdat ik door mijn onbezonnen en krekelige jeugd nooit aan een vol pensioen zal toekomen. Toen beweerde ik ook altijd dat ik van geen toekomst wist, maar nu hij nadert, nu de toekomst eigenlijk al heden aan het worden is, kruip ik in mijn schulp en schreeuw nu en dan nog een beetje. (Als je jong bent raas je als een komeet naar een toekomst die niet bestaat, als je ouder wordt treedt er vertraging op, op de dag dat je sterft vallen heden en toekomst samen, na je dood wordt de toekomst verleden, en verdwijnt achter je rug.)*
Hoe dan ook, de Opel was in orde, er zat nog genoeg profiel op de banden, de remblokjes deugden, er zat geen speling in het stuur, en er zat een nieuwe sticker op de kentekenplaat: hij kan weer een jaar vooruit, en ik ook, hopelijk.

* Dit had ik vroeger nooit durven schrijven in een krant, voor onbekende mensen. Ik dacht altijd dat ik niet goedkoop moest zijn. Nu denk ik weleens: ik kan schrijven wat ik wil, er is altijd wel iemand die denkt dat ik diepzinnig ben.

Geachte heer Van der Moer,
Ik wilde een geleerde verhandeling schrijven over Francis Fukuyama, ik wilde me als politiek filosoof met hem meten, maar het werd niks: ik ben op alle terreinen des levens een dilettant, een leek, en het enige wat ik kan, is associatief mijmeren, trillend in de zon, maar als het niet anders kan, wil ik het ook wel proberen in een café aan de Hoogtekadijk—waar mijn zoon woont die vorige week voor de tweede keer vader is geworden. Hij vindt trouwens dat ik ivm met mijn stukjes beter weer in Amsterdam kan gaan wonen. Voorbeeld: hij zag een junkachtige fietser die al fietsend met blote voeten een doekje van het asfalt raapte (zijn lange, dunne tenen fungeerden als vingers), vervolgens stopte, de fiets op zijn kop zette, midden op de rijweg,

de auto's moesten stoppen, en met het toevallig gevonden stukje textiel de ketting van de waarschijnlijk gestolen fiets ging schoonmaken.
Dat is inderdaad wel iets anders dan het observeren van een Fukuyamaatje op een landweg, maar toch niet genoeg voor remigratie, want er is daar zoveel politie op straat, er klinken zoveel sirenes, je wordt er zo afgeleid.

Gisteravond overigens voelde ik me gesterkt door de jongensavonturen van Frits Bolkestein (100 meningen per minuut), die verschillende keren zei dat hij niks wist, niks kon, alleen Plato vertalen, maar daar had je niks aan. Ik zat er beteuterd naar te kijken, ik kan zelfs Plato niet vertalen. Wij hadden geen Plato, wij hadden tragedie, en ook daar was ik zwak in, Homerus was ongeveer mijn top. Maar ik was niet zo stom als Emile (Emiel?, zie hiervoor) Ratelband die maar blijft herhalen dat hij alleen maar onvoldoendes haalde op de mulo. Het is een onderdeel van zijn programma, hij is geslaagd, hij is miljonair, hij rijdt in een auto van vierhonderdvijftigduizend gulden, dus hij is een levende reclame voor zijn wereldschokkende filosofie: als je maar wilt, dan kun je.
Hij is vorige week hier op school gesignaleerd. Ik was verbaasd, ik dacht dat onze neurolinguïstische schoolleiding zich niet inliet met de ordinaire variant Ratelband.
We wachten met spanning af wanneer hij ingeroosterd gaat worden. Als ik maar niet gedwongen word op mijn handen over gloeiende kolen te lopen, want dan kan ik de pen niet meer vasthouden. Ik vraag de directeur om dispensatie.
Vorige week moest ik als getuige voor het Hof in Arnhem verschijnen, ik was op van de zenuwen en dus veel te vroeg. Ik liep door het centrum en zag een Haphoek van Ratelband, ik kocht er een ijsje uit een gevoel van rechtvaardigheid en moest denken aan Brahman: DAT BEN JIJ.
Niet erg eerbiedig tegenover eeuwen bezonken kennis, maar het

was onweerstaanbaar: dat ben jij, Ratelband, een koekebakker, in dubbele betekenis.
Enige dagen later zag ik hem bij de receptie van de school staan. Hij werd ontvangen door de directeur. Ik wilde aan de deur gaan luisteren, maar de secretaresse waakt in een soort conciërgerie over het privé-leven van haar baas, en alleen in de literatuur laat zo'n jongedame zich argeloos weglokken.

De (allochtone) jongeman voor wie ik getuigde, was woedend over het onverschillige gedrag van de drie rechters. Ik niet, het waren vermoeide, cynische en geleerde heren. Ik legde hem uit dat in een democratie *alles* spel is, en dat juist dát het verschil met een dictatuur is. Hij bleef ongelovig.

Vriendelijke groeten,

3 VII 95

BOLTANSKI

Toen Boltanski vertelde dat hij verwekt was onder de vloer van de huiskamer, had ik nog geen erg. En toen hij opmerkte dat zijn vader joods was en zijn moeder van Corsica afkomstig, dacht ik: nou ja, dat kan gebeuren. Pas toen hij zei dat het voor zijn moeder wel prettig was dat zijn vader daar onder de vloer zat—'want welke vrouw wil haar man nou niet onder handbereik?' - spitste ik mijn oren, dit zou weleens een bijzondere man kunnen zijn. Ik had het programma wel in de gids aangekondigd gezien en de zendgemachtigde was inderdaad de VPRO, maar omdat het vakantie was en erg warm, en ik dus door grote en begrijpelijke loomheid was bevangen, was het toch min of meer toeval dat ik keek. De in de oorlog geboren Boltanski bleek een mij onbekende kunstenaar die in Parijs woont (en natuurlijk al na anderhalf uur platteland onpasselijk wordt van de stilte). Hij werd in de South Bank Show geïnterviewd en gaf antwoorden die me nog warmer maakten dan ik al was. Hij maakt installaties, en over het algemeen moet ik daar niet veel van hebben. Veel intellectuele flauwekul die verklaard moet worden door mensen als Rudi Fuchs, en ook in deze SBS hadden ze een kunsthistorische mevrouw uitgenodigd die dingen zei die iedereen zelf wel kan bedenken. (Er bestaat een grote overeenkomst tussen psychologische en kunsthistorische duiders—in ieder geval is mijn afkeer soortgelijk.) Maar omdat de man boeiend was, waren zijn installaties ook belangwekkend. Erg mooi vond ik torenhoge stapelingen van oude koekblikken die elk een foto van een dode Zwitser opgeplakt hadden gekregen. Dat doen ze daar in dat land, bij de rouwadvertentie zetten ze een foto. Boltanski knipte ze uit en plakte ze op een koekblik.

Hij legde uit dat hij de blikken natuurlijk niet had kunnen versieren met portretten van dode Duitsers of dode joden, en ik had geen kunsthistorisch commentaar nodig om dat te begrijpen. Ontroerd werd ik door zijn verhalen over zijn familie. Zijn vader was arts en ging na de oorlog nooit meer alleen de straat op, zijn familie vergezelde hem altijd. Zelfs als hij visites reed, werd hij begeleid door zijn vrouw en zijn zoons. Die bleven dan in de auto als hij bij een patiënt op bezoek was. En ook Boltanski zelf was al achttien toen hij voor het eerst alleen op straat liep. Ze woonden in een ruim huis waar iedereen een eigen kamer had, maar ze sliepen allemaal op één kamer, de ouders in het bed, de zoons in slaapzakken daaromheen. Ik werd bevangen door machtige gevoelens toen hij dat vertelde, en dacht: laat nog maar wat koekblikken zien, dan kan ik desnoods het hele winterprogramma van RTL4 én -5 bekijken zonder neerslachtig te worden. Ik lachte ook nog even: toen hij vertelde dat de galeriehoudster vaak was geschrokken van het kabaal als bezoekers tegen de koekbliktorens stootten en de hele zaak in elkaar donderde.

De volgende dag ging ik naar de Dogtroep, in Amsterdam, op het terrein van de NDSM. Ik parkeerde mijn auto op de Hoogte Kadijk, waar ik me ook verkleedde. Ik deed een driedelig zwart pak aan, een roze, gestreept overhemd, een Micky Mouse-das en zwarte glimmende schoenen. Ik moest om negen uur bij steiger 5 achter het Centraal Station zijn, ongeveer twintig minuten lopen. Onderweg bezocht ik nog een Marokkaanse patatwinkel, waar ik een portie zonder en een kroket bestelde. Terwijl ik wachtte, was ik getuige van een onheilspellende dialoog tussen twee bezoekers, een Hollandse jongedame van ongeveer zestien en een Marokkaanse man van een jaar of veertig. Zij herhaalde: 'Ik heb toch niets verkeerds gezegd?', en hij zei alleen maar, terwijl hij haar strak aankeek: 'Ik weet wat je bedoelt.' Het zat hem niet zozeer in de woorden als wel in de toon. Zijn donkere ogen lieten haar niet los, maar zij lachte vrolijk en zorgeloos. Ik was bang dat ik een belangrijk deel van de cultuur gemist had en dat ik me als het fout zou lopen, vergeefs zou verantwoorden voor mijn verschijning, mijn leeftijd en mijn pak.

Aan steiger 5 lag de pont die de bezoekers van de Dogtroep naar de overkant zou brengen. Toen we er aankwamen, was het al behoorlijk donker, en dat was ook de bedoeling, want het zou een voorstelling van water en vuur worden. Een jongeman die ik vaag kende, zei vlak voor het begin: 'U kunt gerust zijn, het is wat het is, er zijn geen diepere betekenissen.'

Maar hij had ongelijk, het was helemaal niet wat het was, het was iets heel anders: het was de strijd van Goed tegen Kwaad. Maar, iets belangrijker, het was het mooiste wat ik ooit had gezien, en ik wilde mijn pak en mijn maatschappelijke positie en mijn pensioenaanspraken inleveren bij de portier en vragen of ik de rest van mijn leven als lasser en timmerman bij de Dogtroep mocht doorbrengen. Maar ik dacht aan mijn vrouw en mijn kinderen en ging dus weer terug met de pont naar het Centraal Station. Vervolgens liep ik de stad in en dronk twee pils bij het beeld van Multatuli. Het was nog steeds loom en landerig weer, en meer dan twintig graden, terwijl het al twee uur na middernacht was. Op de terugweg naar de Hoogte Kadijk at ik (terwijl ik nota bene vegetariër ben) nog een broodje kip bij McDonald's op het Damrak en legde ik op de Prins Hendrikkade drie Franse jongens uit hoe ze bij de camping Zeeburg moesten komen. Op de Hoogte Kadijk was het licht nog aan, mijn drie zonen waren thuis, ze zaten naast elkaar op de bank. Ik vertelde ze over de prestaties van de Dogtroep en omdat ik ze ondanks hun volwassenheid toch nog steeds wil opvoeden, begon ik enthousiast te vertellen over de ontdekking van een onbekende kunstenaar, Christian Boltanski. Ze lachten, dat was geen onbekende kunstenaar, dat was een heel beroemde kunstenaar, de Michelangelo van de installatietechniek, ze waren naar tentoonstellingen van hem geweest, ze bezaten boeken van zijn werk, ze hadden films over hem gezien. Ik was zo verbouwereerd dat ik vergat te vragen waarom ze mij niet op de hoogte hadden gesteld. Wel vertelde ik dat ik voor altijd bij de Dogtroep had willen blijven. Daar moesten ze om lachen, alle drie, op de bank.

Geachte heer Van der Moer,

Als ik een Griekse postzegel in mijn bus zie liggen (met een brief eraan vastgeplakt), denk ik aan drs. Haarbrink uit Diepenveen. Dit keer was de brief op 22 juli in Koroni geschreven. Hij begint met een half A4-tje Griekse werving, veel Troje, Agamemnon, Poseidon, Artemis en hoe die Griekse knakkers nog meer mogen heten. Het is een virtuele tekst, die hij had willen schrijven en versturen per ansichtkaart.

Daarna stort hij in de werkelijkheid: 'Deze tekst had ik willen schrijven op een ansichtkaart met een afbeelding van het terracotta beeld van Zeus, die met een triomfantelijk en wellustig gezicht de mooiste jongeling uit de klassieke beschaving, Ganymedes, ontvoert als schandknaap. Maar omdat jij over het onderwijs al net zulke bespottelijke ideeën erop nahoudt als de halfgoden Ritzen, Wallage, Van Kemenade of hoe ze verder heten mogen, nl. dat geschiedenis en het gymnasium afgeschaft moeten worden en dat de debielste LBO-leerling 3 jaar lang met de intelligentste gymnasiumleerling in een klas moet zitten om de vakken verzorging en techniek te doen, heb ik het niet gedaan en de kaart is niet verstuurd. Zo komen snoepers te pas!'

Zo word ik dus gelezen. Nu weet ik wel dat communicatie en verwarring synoniemen zijn, maar je hebt toch altijd hoop. En ik weet zeker dat ik nooit gepleit heb voor het afschaffen van het vak geschiedenis. Integendeel, ik zeg altijd tegen mijn politieleerlingen (merendeels HAVO-leerlingen) dat het cursusvak computerkunde niet in de schaduw kan staan bij het cultuurvak geschiedenis.

Met het gymnasium is wel degelijk iets aan de hand in mijn

leven. Gisteren bijvoorbeeld vroeg KHOP me: 'Jij zat toch op het Vossius?' Ik ben omringd door betekenisvolle treiteraars. KHOP en ik zijn meer dan 40 jaar bevriend. Hij zat op het Barlaeus (& natuurlijk, de top van de Olympus), ik op het Spinoza, niet eens een echt gymnasium, een lyceum. In Amsterdam was de hiërarchie zeer strikt, zoals overal. KHOP zei gisteren: 'Ik moet je iets bekennen: ik weet niet eens waar het Vossius *was*, en je hoeft 't me niet te vertellen, want ik vergeet het toch weer.'
Dus Barlaeanen zagen over hun schouder de coureurs van het Vossius, maar daarachter was *niets*. En daarin leefde ik. Misschien heb ik in die levenslange verbittering weleens iets ten nadele van het gymnasium gezegd, maar dat moet dan gezien worden in het licht van dit leed. En ook nu nog denk ik aan die superieure, arrogante wezens van het Barlaeus als *verzorging* en *techniek* in zicht komen. Ja, denk ik dan, 3 jaar met luiers, spinazie en nijptang, dat is *vormend*.
Er komt nog iets zeer persoonlijks bij. Mijn vader, die het begrip liberale opvoeding heeft uitgevonden, heeft mij één keer de voet dwarsgezet. Dat was toen ik in de 4de klas de school wilde verlaten. Dat mocht niet, ik moest een diploma halen.
Tegenwoordig denk ik dat ik veel beter een mislukte gymnasiast had kunnen zijn dan een gediplomeerde. Dan was ik een ander type geworden, onverschilliger en bitterder.
Nu ben ik een mislukte neerlandicus, ik ben een stadium te laat mislukt.
En nu ik in NRC Handelsblad lees dat een gedegen Amerikaans onderzoek uitwijst dat de Nederlandse armen ondanks de sociaal-democratie die ik altijd gesteund heb, niet beter af zijn dan de Amerikaanse, ben ik helemaal fundamentloos geworden.
KHOP zou helemaal niet opkijken van dit resultaat, hij interesseert zich niet voor de maatschappij, niet voor Hedy d'Ancona die zegt dat de politiek zich wel voor jou interesseert (en dat je dus wat terug moet doen: in de gemeenteraad moet gaan zitten

bijvoorbeeld, stel je voor), en niet voor het gebouw van het Vossius.
(KHOP is wel consequent: hij zegt dat de pretenties van het Barlaeus loos zijn: niemand heeft bereikt wat hem is voorgespiegeld.)
Maar, zoals gezegd, het is mogelijk dat Haarbrink en KHOP pestkoppen zijn en gebruik maken van het communicatiemoeras.
Ik moet vaste grond voelen.

Bodemtechnische groeten,

7 IIX(?) 95

PS De technici van de Dogtroep, die bedoel ik, en ook de koekblikken van Boltanski.
Mijn geschiedenisleraar, Van Huët, zei in de jaren vijftig dat je beter matig mondharmonica kon spelen dan briljant naar Bach luisteren.
Maar toen deze gedachte in de jaren zestig gemeengoed werd, wendde hij zich gemelijk af. (Ik hoop dat hij geen spijt had.)

OCHTEND

Alle werkdagen beginnen hetzelfde, maar met de maandag is toch iets bijzonders aan de hand, dankzij de Katholieke Radio Omroep. Om zes uur gaat de wekker, ik kleed me monter aan en ga de nacht in. (Het ligt voor de hand om op dit uur chagrijnig te zijn, maar ik heb me het tegendeel voorgenomen. Dat is eenvoudig, je hebt er geen cursus voor nodig, je zegt tegen jezelf 'Wees monter', en je bent het. Bovendien is het gratis.) Bij het licht van mijn lantaarn verzamel ik in het houthok twijgen en blokken. Die stapel ik in de bocht van mijn arm. Als de bovenste blokken dreigen te vallen, loop ik voorzichtig naar het huis. Met deze voorraad kan ik in dit jaargetijde de kachel binnen anderhalf uur tot honderdvijftig graden stoken. Als het vuur de dunne takjes gepakt heeft, zet ik thee. Daarna ga ik met de honden naar buiten, ik voer de varkens, de kippen, de eenden, de duiven en de poelepetaat. Vervolgens maak ik het eten voor de kat en de honden klaar, ik lees wat in de krant van zaterdag en drink een kop thee. Soms denk ik aan een Chinese boer die 2500 jaar geleden om zes uur 's morgens een kommetje thee dronk voor hij naar zijn rijstveld ging, en ik fantaseer wat over zijn gedachten. Buiten en binnen is het doodstil, ik ben niet te controleren, ik mag denken wat ik wil. Om zeven uur doe ik de radio aan, ik stem af op het station Hilversum 4 en luister naar Frits Bloemink. Hij heeft een vrouwelijke, empathische stem die me irriteert. Daarmee leest hij brieven voor van Schubert, Mozart en Janácek. Die mannen worden allemaal Frits Bloemink en dat bevalt me niet. Bovendien doet hij ook nog een muziekspelletje, terwijl hij toch moet weten dat de homo ludens een imbeciel is die op de televisie thuishoort.

Enige weken geleden klaagde Schubert/Bloemink dat het culturele peil van zijn vriendenclubje zo aan het zakken was. Men praatte niet alleen meer over literatuur en muziek, maar ook over paardrijden en hondengevechten. Ik moet braken, wat is er vervelender dan te praten over literatuur en muziek, terwijl een goed gesprek over een barbaars hondengevecht opwindend en gezond is. Gelukkig draait Bloemink ook plaatjes en de muziek van Schubert is heel wat beter dan zijn brieven.

Daarna gebeurt er echter iets verschrikkelijks, monseigneur Bär weerklinkt in de ether, een renegaat die me nog meer rillingen bezorgt dan de gemiddelde monseigneur. Ik ren dan ook naar de radio om deze beker aan mij voorbij te laten gaan. Te laat, het is een grote kamer, ik hoor hem zeggen dat hij vroeger met zijn vrienden debatteerde over het volgende probleem: '*Hoor* je een opera of *zie* je hem?' Help me, mijn benen verslappen onder mijn kont, ik word een dropje.

Dan is het licht en verlaat mijn vrouw het huis. Voor korte tijd, want het portier van haar auto is dichtgevroren, ik moet haar helpen. Het lukt me niet, de natuur is een ijzige tegenstander. Het is een ijle ochtend, rijp over de klavervelden achter het huis. Het is volkomen windstil, uit de schoorsteen gaat een witte rookpluim loodrecht de hemel in en komt bij de bosrand weer naar beneden, waar hij als een schim blijft hangen.

Ik leun tegen de auto en denk nergens aan. Mijn vrouw zegt dat we alle afspraken voor die dag kunnen vergeten en naar die rooksliert voor de bosrand kunnen blijven kijken. Hoewel zij niet graag over hondengevechten praat, vind ik toch dat ik vijfendertig jaar geleden een goede keus heb gemaakt. Ik zag haar in een Amsterdams café en dacht meteen: die kijkt waarschijnlijk liever naar een vage rooksliert voor een bosrand dan dat ze debatteert over het wezen van de opera.

Toch kunnen we daar niet blijven staan, de telefoon zal gaan rinkelen, stemmen zullen vragen waar we blijven. Ik kan zeggen dat ik nooit meer kom, dat het voorbij is, een vergissing die ten slotte toch nog goedgemaakt wordt. De stem zal even aarzelen en

wachten op nieuwe commando's. Het eind van het liedje zal zijn dat de controlerend geneesheer op bezoek komt en dat ik iets zal mompelen over dunne rook in de herfst en over de weemoedigheid die niemand kan verklaren en die des ochtends komt, wanneer men buiten staat. En hoewel deze dingen volkomen normaal zijn, zal ik via formulieren en maatregelen naar de rand worden geschoven en mijn greep op de omgeving verliezen.
Daarom verschaf ik mij via de achterklep toegang tot de auto, verwijder de hoofdsteunen en acrobateer me achter het stuur. Vroeger ging dit veel makkelijker, ik word stram. Maar ik duw de deur van binnenuit open en stap uit. Mijn vrouw gaat achter het stuur zitten en rijdt het pad af. Ik kijk niet op of om, maar veroorloof me wel nog even aan die Chinese boer te denken. De dag is begonnen.

Geachte heer Van der Moer,
U weet dat ik iedere week een brief ontvang uit Santpoort-Zuid. Hij is geschreven door de zenuwarts Zwartkruis, een man met ten minste twee befaamde familieleden: een is trainer geweest van het Nederlands voetbalelftal, een ander bisschop van Haarlem (en dus een hoeder van waan en obscurantisme).
De zenuwarts zelf is oprichter en voorzitter van de Nescio Leesclub. Hij maakt met deze club één keer per jaar een stoomboottochtje naar Schellingwoude. Daar proberen ze de geest van Nescio boven de wateren te betrappen, maar ik denk dat dat nooit gelukt, omdat onderweg de geneverfles al danig aangesproken is. Het is allemaal literatuur, flauwekul dus.
Een van de gasten is prof. dr Karel van het Reve, die ieder jaar opmerkt dat de voorzitter 'een typisch Roomsch gezicht' heeft. Daar lacht de voorzitter dan om, Karel van het Reve mag alles tegen hem zeggen.
De brief die ik wekelijks ontvang, ligt zelden alleen in zijn enveloppe. Onder hem liggen bijna altijd bijlagen (de zgn.

parafernalia). Die gaan dikwijls over schizofrenie, en zijn niet zelden ontroerend en lachwekkend (bijna altijd synoniem).
De zenuwarts heeft een vrouw en 3 kinderen. De vrouw is geboren in de Staatsliedenbuurt, waar ook mijn schoonvader het levenslicht zag. Zelf is hij (de zenuwarts) geboren in de schaduw van 't Ajax-stadion, net als mijn echtgenote. Ik ben in dit gezelschap de buitenstaander, mijn geboortehuis stond vlak bij de sluis in de Boerenwetering. Daar was een houten brug, waarvan de leuningen in de hongerwinter gesloopt waren. Greetje Stokvis durfde er toen niet meer over, ik moest haar begeleiden omdat ik een man was (we waren 8 jaar). Sindsdien heb ik altijd een berustend gevoel als ik feministes hoor kakelen.
Een van de Zwartkruis-zonen is journalist bij Ajax en de GPD. Vorige week heb ik een stukje van hem gelezen in onze krant, over de Ajax-voetballer die het 'gezicht' van de nieuwe parfumlijn van dat elftal is. (Ik snak naar het moment dat ze weer eens ingemaakt worden, zoveel succes is niet gezond. Dat kun je zien aan de ogen van Louis van Gaal, die sprekende aardappel.)
De ander leert voor huisarts in Great Yarmouth. Daar woont ook de dochter van drs. Van Nieuwenhoven, bevlogen neerlandicus aan het Alexander Hegius te Deventer. Die dochter is verpleegster en ze komt aan de praat met de adspirant-dokter. Ze komen erachter dat hun vaders beiden met mij brieven wisselen. De jongen vraagt: 'Waar schrijven ze over?' (Een heel goeie vraag, overigens.) Zij antwoordt: 'Over het leven en zo.' (Een heel goed antwoord, dat ik persoonlijk in de hoogste categorie zou willen plaatsen.)

OCHTEND gaat ook over het leven en zo. Ik wist niet wat ik schrijven moest, maar ik was niet onrustig want de dag was nog lang. Ik kreeg een brief in handen die ik aan Gijs Zandbergen had geschreven, maar nog niet verstuurd.
Deze zomer heb ik voor het Groningse blad *Schrijver & Caravan*

een verhaal geschreven. Een paar maanden later werd ik door Thomas Rap uitgenodigd in het nieuwe Ajax-stadion. Hij presenteerde daar een boek over de hulptrainer van die club. Ik kende er bijna niemand, en sprak met vreemde mensen. Later bleek ik gepraat te hebben met Gijs Zandbergen, een *Volkskrant*redacteur. Ik stuurde hem mijn verhaal, hij reageerde welwillend (zoals dat heet) en ik schreef hem een brief over een rooksliert. Het was een korte brief die ik opgeblazen heb met een Chinese boer en een fantasietje over het voor altijd afscheid nemen van 'de wereld'.

Vriendelijke groeten

PS Het is waarschijnlijk niet nodig U in te lichten over de ondraaglijke paradox van het leven, maar om elk misverstand weg te nemen: ik praat niet graag over opera's, maar evenmin over hondengevechten. (Zwijgen, daar gaat 't om.)

MENEER E.

Vooral als ik naar de oude leraar kijk, denk ik: waarom heb je het gedaan? Ik weet het antwoord wel, maar ik blijf de vraag toch stellen. De vraag is immers altijd interessanter dan het antwoord. De oude leraar is ooit een jongeman geweest, en er is geen jongeman die zich kan voorstellen wat het betekent een oude man te zijn, laat staan een oude leraar. Hij kan dus een voorlopige beslissing voor de eeuwigheid nemen, want eeuwigheidsbeslissingen kun je altijd nog wijzigen. De jongeman die ik op het oog heb, is een vakman. Als hij achttien jaar is, houdt hij van een vak. Een echt vak bedoel ik, natuurkunde, geologie, Italiaans, geschiedenis, Latijn, filosofie. Ik weet wel dat er tegenwoordig nogal wat achttienjarigen zijn die zich door hun zenuwachtige opvoeders iets anders laten aanpraten—bedrijfskunde, andragologie, onderwijskunde of iets dergelijks -, maar dat ligt buiten mijn gezichtsveld, die vakken beschouw ik als flauwekul, opvulsel, omdat nou eenmaal niet iedereen zich met serieuze zaken kan bezighouden.
Het begint veelbelovend, het vak waaiert open, aan alle kanten horizon. Na enige jaren vernauwt het zich, een trechter, met het slotexamen als klein gaatje. Daarna wacht in veel gevallen het leraarschap. De jongeman, die nog niet weet dat hij op de smalle weg van de oude leraar staat, merkt dat hij van de meter kennis die hij bezit, slechts de eerste centimeter hoeft te benutten. De rest van zijn leven zal hij op die ene centimeter heen en weer gaan, die negenennegentig andere zijn misschien ook wel ergens goed voor geweest, maar voor het onderwijs heeft hij die niet nodig. Dit ogenblik, dit ontdekkingsmoment is erg belangrijk in het leven van de leraar: hij blijkt een circuspaard te zijn in een zeer kleine piste.
Binnen het onderwijs zijn er nu drie mogelijkheden. Hij blijft

met dichtgeknepen keel in de rondte lopen, ontwikkelt een kruideniersachtig cynisme en verpest daarmee het leven van zijn leerlingen. (Maar kweekt misschien zoveel agressie en weerzin tegen de school dat een gevoelige jongen in de vierde klas walgend huis en haard verlaat, in Tanger terechtkomt, Kerouac en Burroughs gaat lezen, zelf gaat schrijven en de Nederlandse literatuur met een onvergetelijk boek verrijkt. Dan is het leven van de bittergrijze leraar niet voor niets geweest; op de puinhopen van zijn idealisme groeit onverwacht een exotische paddestoel.)
De tweede mogelijkheid is dat hij wel in het circus blijft, maar niet meer optreedt in de piste. Hij wordt conrector, misschien zelfs rector, of onderwijskundig ondersteuner, of babbelaar in commissies en vergaderingen. Mijn leven wordt een web van rechtsposities, geleende standpunten en cijfers achter de komma, het is voorbij, o en voorgoed voorbij.
Het derde leraarsleven is het enige interessante. Het is het leven van Meneer E. Meneer E. kwam het lokaal binnen toen ik zestien jaar was. Ik zat in de vierde klas van het Spinoza Lyceum in Amsterdam. Er waren voor de klassieke talen wel vijf of zes leraren, het was een grote school. Zij hoorden bij het meubilair, zij waren er altijd geweest, zij hadden geen geschiedenis, waren niet jong geweest, hadden geen ouders gehad, zij waren de school. Dit was mijn wereld, naast de steen in mijn hoofd was geen plaats voor welke andere gedachte dan ook. Tot Meneer E. binnenkwam. Hij was oud (waarschijnlijk een stuk jonger dan ik nu ben, maar aan deze rationalisatie heb ik niets, hij blijft mij altijd voor, ik kan nooit ouder worden dan hij), maar niet zomaar, als een oude man in de straat, hij was *de* oude leraar, het prototype. Hij was een geleerde, hij was eenzaam, hij was dichter, hij moraliseerde niet, hij trok de meisjes voor, hij maakte Tacitus-vertalingen die door Querido werden uitgegeven en hij was geen pedagoog. Dat laatste was wat mij betreft het belangrijkste, hij gaf les alsof hij in een café zat. Wij hoefden niet op te letten, we mochten iets an-

ders doen, zachtjes praten met elkaar of een boek lezen. Bij proefwerken lette hij ook niet op. Hij verschool zich niet achter een krant, zoals ostentatief nonchalante leraren weleens doen, hij zat gewoon te werken en als iemand te luid zijn buurman raadpleegde, zag je wel dat hij geërgerd was, maar niet omdat je oneerlijk was of zoiets, hij wilde eenvoudig niet met zoiets banaals als afkijken geconfronteerd worden. (Als hij nu zou leven, zou hij de verdrietige middenstandswoorden *normen en waarden* nooit gebruiken, dat weet ik zeker.) Toen we eens aan hem vroegen waarom hij zo was, zei hij: 'Ach, de rol van de leraar wordt door de pedagogen sterk overschat, het is jullie leven, jullie eindexamen, ik ben maar een hulpmiddel.'

Het spreekt vanzelf dat juist hij in de herinnering bleef. Zijn resultaten waren niet minder dan die van de fox-terriërs, terwijl in zijn lokaal de sfeer rustig en ontspannen was.

Als ik aan de leraar denk, denk ik aan hem. Als er geleden moet worden, moet hij lijden aan het leven, niet aan de school. Als hij cynisch is (en dat is wel een aanbeveling), moet hij dat ontlenen aan de literatuur, de politiek of zijn verlangen naar zijn onwillige buurvrouw, maar niet aan het toevallige feit dat hij een circuspaard is. Verder heb ik gemerkt dat de leraar die de meisjes in zijn klas een voorkeursbehandeling geeft, het meestal beter doet dan zijn onpartijdige collega's. En stiekem gedichten maken en naar *Canto Ostinato* luisteren is ook nooit weg. Verder blijft het leraarschap natuurlijk een kwelling. Maar ja, niet iedereen komt in Tanger terecht.

Geachte heer Van der Moer,

MENEER E. is geschreven in opdracht van *Het Utrechts Nieuwsblad.* Ik werd opgebeld door een vriendelijke jongeman die me vertelde dat hij begin februari een onderwijsbijlage maakte en of ik iets over het onderwerp wilde schrijven. Hoewel ik van plan was te reageren op de ingezonden brief van meneer Kraan uit

Doetinchem die mij geestelijk helemaal dood verklaarde, en mij verweet *horizontaal* te leven in plaats van *verticaal* zoals hij blijkbaar prefereert, gaat het onderwerp voor, en daarom heb ik meneer Eikman van stal gehaald. Ik heb hem een beetje opgesierd en aangekleed, maar in wezen is er weinig gelogen. Hij speelde geen grote rol in mijn leven, zijn distantie was kolossaal, en kinderen hunkeren toch naar bondgenoten. Ik ben één keer bij hem thuis geweest, hij nodigde de a's (zes of zeven) één voor één een woensdagmiddag uit. Dit middagje was verschrikkelijk, curieus en leerzaam. Het bezoek heeft daarom zo'n grote indruk op me gemaakt, omdat ik zo'n medelijden met hem had. Al *tijdens* het gesprek (en nog duizend keren daarna) dacht ik: wat verschrikkelijk voor die man die zoveel weet, om te moeten praten met een hakkelende jongen die uit louter emotie bestaát en (nog) niets weet. Ik leed voor hem, en voelde me daardoor dubbel ongelukkig.
Het was voor de eerste keer in mijn leven dat ik bij iemand thuis kwam die zijn kamers niet gestoffeerd had. Er hingen geen gordijnen, de vloeren waren kaal, hout zonder behaagzucht. Aan de muur stonden boekenkasten. Een tafel en wat stoelen, een kachel. Het was een huis aan de Mauritskade, vlak bij de molen, het Nescio-kwartier.
Afgelopen donderdag was ik in De Gigant, een cultureel centrum in Apeldoorn, waar twee schrijvers optraden, Kees van Beijnum en Jaap Scholten. Er zaten 12 mensen in de zaal, de medewerkers meegeteld. Jaap vertelde dat hij schrijver is geworden toen hij foto's zag van Kerouac en Burroughs in Tanger. Hij is inderdaad schrijver geworden, zijn boek is al aan de derde druk toe en wordt vertaald in het Duits, Jaap reist een keer per week met de trein naar een provincieplaats, wordt met een taxi opgehaald en leest vervolgens voor, de dames van de leesclubs luisteren ademloos en stellen daarna deprimerende vragen. Dan staat de taxi weer voor en reist hij naar Amsterdam waar zijn vrouw met

twee kinderen wacht op een bovenwoning in de Valeriusstraat. Hij verdient met zo'n uitstapje 4 of 5 of 6 honderd gulden, en de Valeriusstraat is ook mooier dan Tanger.

Terwijl ik 5 regels van MENEER E. op papier had, kwam de post met een brief van mijn psychiater. Die schreef niet alleen over het leven van Ajax achter de coulissen, ook niet alleen over een 98-jarige timmerman die bakkerswagens op schaal maakt met een apart scharnierende klep voor het gebak, maar hij stuurt ook een bladzij met *Uitzichtloze situaties* van Hofland.
Over hetzelfde onderwerp als het in de steigers staande MENEER E., maar dan grappiger.
Dit is toeval. Het boek bestaat!! Het is zelfs de koning van de schepping, er is slechts toeval. Ik zou zo 3000 gevallen van toeval kunnen noemen: gevallen die mij toegevallen zijn, toeval.

PS Het is mogelijk dat Eikman geschreven wordt als Eyckman. In ieder geval had hij altijd onderonsjes met een keurig meisje uit de parallelklas, ik heb nooit geweten hoe ze heette. Later heeft Eyckman wel degelijk een erotische verhouding gehad met een klassiek gevormde collega, juffrouw Barnard, die door de leiders van de hogere klassen inderdaad als geil werd gekenschetst. (Ik was geen leider, ik moest me neerleggen bij hun oordeel.)

De mooiste zin uit het stukje van Hofland, dat ik voor U kopieer, is: 'Iedereen begint vrolijk en eindigt droevig, en ontdekt, halverwege omkijkend, dat hij al negen tiende van de weg heeft afgelegd.'

In de zin daarna moet *nog* als *noch* gelezen worden, maar dat doet er niet toe: als de inhoud krachtig is, is de verpakking bijzaak. Grote schrijvers mogen spel- en stijlfouten maken, kleine niet.
Lithografische groeten

TAAL

In de jaren zestig kende ik een stel jongens die zeer succesvol zouden worden. Of eigenlijk al waren. De eerste had een reclamebureau opgericht dat toonaangevend werd, de tweede zou in Antwerpen de chemische fabriek van zijn vader erven, de derde was makelaar—niet in Oegstgeest of Veenendaal, hij makelde huizen in New York. Deze jongens voerden alle drie enigszins vermoeide fotomodellen met zich mede, die binnenshuis weleens klappen kregen, maar er in het openbaar altijd weer onberispelijk bij liepen. En ze reden ook alle drie in opvallende sportauto's, van het merk Porsche of Jaguar. Mijn rol in dit gezelschap was onduidelijk, ik was niet succesvol en had ook geen vooruitzichten, bovendien reed ik in een Citroën 2CV, een bestelauto met een nieuwprijs van f 3800,-. Maar ik hield me staande door op het goede moment een Griekse filosoof te citeren. Ik herinner me dat de jonge makelaar eens een koortsig betoog hield over een villa op Long Island die hij absoluut onder zijn beheer wilde brengen. Het was vrijdagavond, we zaten in een bar in de Lange Leidsedwarsstraat, zijn bezetenheid was voelbaar, die maandag zou hij naar New York vliegen om de villa met sluwe handgrepen voor de neuzen van zijn mededingers weg te kapen. Mijn leven was op dat ogenblik wel erg klein en onbetekenend. Daarom wilde ik me ethisch boven hem verheffen. 'Je moet je niet laten meeslepen door je begeerte,' zei ik, 'je bent rijk genoeg, blijf thuis, doe eens iets aardigs voor Chantal (zijn fotomodel heette Chantal), die villa op Long Island wordt wel gekocht door een erfgenaam van de grote Gatsby.' Hij antwoordde: 'Snijdertje, er zijn dingen die jij niet begrijpt, begeerte kan niet bedwongen worden, daar moet je aan toegeven, het is een natuurkracht.' Ik zei: 'Epictetus dacht daar anders over. Die heeft gezegd: "Van al het bestaande hebben wij sommige dingen in onze macht. Andere niet. In onze macht hebben wij onze meningen, ons streven, onze begeerte en afkeer. Al deze dingen kunnen we zelf bewerkstelligen." Deze woorden maken op mij toch een grotere indruk dan dat nerveuze heen en weer vliegen van jou. Ze maken de mens sterk en rijk, terwijl jij toch maar een armoedige jongen blijft met die villa op Long Island.' Hij sprong op en schreeuwde: 'Who the hell is Epictetus?' Ik herinner me dit glashelder, want het was de eerste keer in mijn leven dat ik de uitdrukking 'Who the hell is?' hoorde—bovendien kwam de barkeeper op het geschreeuw af, want die wilde rust en een grote drankomzet. Ik zei: 'Epictetus is geboren in het jaar 50 na Christus, hij was een vrijgelaten slaaf, hij was lam en arm, maar hij was een vriend van de onsterfelijken. Wij kennen hem als een belangrijk filosoof uit de school van de Stoa.'

Hoe het verder is gegaan met die villa kan ik me niet herinneren, wel weet ik dat de verhouding met Chantal is gestrand, ze werd ingeruild voor een nog mooier fotomodel. Citius, altius, fortius.

Ik ben altijd blij en dankbaar geweest dat ik slechts drie van deze jongens heb gekend, en niet dertig. Eén keer ben ik op een feestje geweest waar er dertig verzameld waren. Daar hoorde ik ze aan elkaar vragen 'Welke wagen stuur jij?' in plaats van 'Wat voor 'n auto heb jij?'. Misschien is toen mijn taalovergevoeligheid ontstaan. Sindsdien luister ik wel naar de mensen, maar meer naar hoe ze het zeggen dan naar wat ze zeggen.

In mijn milieu zegt bijvoorbeeld bijna niemand 'Het is in orde', iedereen zegt 'Daar is niks mis mee'. Ik ril. Bijna niemand zegt 'Dit is mijn uitgangspunt', iedereen zegt 'Dit is mijn insteek'. Ik sidder. Bijna niemand zegt 'Dit ga ik de leerlingen opdragen', iedereen zegt 'Ik ga de leerlingen aansturen' of—nog erger—'Ik ga er sturing op leggen'. Ik voel me misselijk. En nooit wordt er eens iemand gezond gehaat, altijd zijn er 'onlustgevoelens naar de mensen toe'. Ik buig het hoofd.

Nu is er onder deze taalgebruikers wel degelijk een groepje dat ik durf aan te spreken. Ik zeg dan, in gespeelde nederigheid: 'Doe dat toch niet, wees niet progressief in de taal, dat is belachelijk. De taal is een onaanraakbaar domein, we doen er wel allemaal aan mee, maar we hebben er geen invloed op.' En dan antwoorden ze, geheel en al in de traditie van het misverstand: 'Je bent een elitaire en conservatieve kwast, taal is verandering en beweging, over enkele jaren is "Hun zijn groter als mij" geaccepteerd. De meerderheid maakt uit wat goed of fout is in de taal.' Ik werp dan tegen dat het inderdaad om macht gaat, maar niet om de macht van de blinde meerderheid. Ik vermoed dat de taal en haar veranderingen in de hand van een gerespecteerde elite rusten. Maar omdat ik daar niet zeker van ben, zeg ik iets wat daarop lijkt. 'Taal komt uit de loop van een geweer.'

Geachte heer Van der Moer,
In het hierbovenstaande stukje staat iets wat U misschien onwaarschijnlijk lijkt, maar 40 jaar geleden kon je inderdaad een 2CV Bestel kopen voor nog *geen* f 4000,- (nieuwprijs). Wartena had er zo een gekregen van Hellinga. Het geld kwam van ZWO (Zuiver Wetenschappelijk Onderzoek). In die tijd waren professoren nog echte, autonome reuzen, en ik stel me dan ook voor dat Hellinga 's middags om 4 uur het notenhouten kantoortje van ZWO binnenliep, tegen het nerveuze meisje achter de toonbank 'vierduizend' zei, zijn hand ophield en om vijf over vier buiten stond. Wartena moest eerst nog zijn rijbewijs halen, ik weet niet waarom hij dat nog niet had, ik vermoed dat het iets te maken had met zijn chique milieu. Proleten hadden geen geld voor een auto en rijbewijs, maar wilden dolgraag, chique lui waren wel in de gelegenheid maar aarzelden ivm hun imago. Ekkel had in die tijd ook geen rijbewijs, hij was een strijdbare marxist en de auto zal wel een kapitalistische uitbuitingsmachine geweest zijn. Ik kom uit een automilieu: mijn beide grootvaders hadden ver voor de oorlog al grote auto's, één zelfs met chauffeur.

Dit karakteriseert mijn afkomst goed, iets tussen proletendom en sjiekigheid in. Toen Wartena zijn rijbewijs had, kocht Hellinga via ZWO ook nog een groot, gespecialiseerd fototoestel, dat achter in de 2CV Bestel werd gemonteerd. Wartena reed daarmee naar de universiteitsbibliotheken van Wenen, Malmö, Rome, Lissabon en Parijs. Ik benijdde hem, hij was maanden van huis. In de tussentijd kreeg hij ook nog twee keer vrij om mee te doen aan de Olympische Spelen van Tokio en Mexico. Daarom moet U de Olympische juichkreten *Citius altius fortius* in TAAL ook opvatten als een late rancune omdat hij de lieveling van Hellinga was. Hij heeft hem trouwens niet beschaamd, want toen de ongenaakbare filoloog gek geworden was, en opgesloten zat in een klein kamertje in een Londense kliniek, heeft Wartena hem nog een keer bezocht.

De ondernemende makelaar die in 1962 'Who the hell is Epictetus?' riep, zou vandaag in de disco geroepen hebben 'Who the hell is fucking Epictetus?' Maar als hij dat zou opzoeken in *De verbeelding van het denken* zou hij maar twee plaatsen vinden. Op pagina 44 staat: 'Na Seneca waren ook Epictetus, een vrijgelaten slaaf, en Marcus Aurelius, keizer van het Romeinse Rijk, invloedrijke vertegenwoordigers van deze school.' Op pagina 273/74 staat: 'Ondanks zijn bijtende kritiek op het christendom is Voltaire geen atheïst. Hij noemt zichzelf *theïst*, dat wil zeggen iemand die gelooft in een goede en machtige schepper, doch "zich niet in de armen der sekten werpt, die elkaar alle tegenspreken". Voltaire beschouwt ook het christendom slechts als zo'n sekte. Typerend voor zijn houding is het artikel "Dogmata" uit zijn *Dictionaire philosophique*, waarin men onder andere leest: "De 18de februari in het jaar 1763 van onze jaartelling, toen de zon in het teken der vissen kwam, werd ik ten hemel gevaren, zoals al mijn vrienden weten. Mijn rijdier was niet de merrie Bozak van Mohammed. Ook was mijn rijtuig niet de brandende kar van Elia. Ik werd noch gedragen door de olifant van Sammoncodom de Siamees, noch door het paard van Sint-Joris, de schutspatroon van Engeland, noch door het varken van Sint-Antonius. Ik beken eerlijk dat ik niet weet hoe mijn reis in zijn werk ging. Men zal wel willen aannemen dat ik verblind was, maar wat men niet zal geloven is dat ik het oordeel over alle doden zag voltrekken. En wie waren de rechters? Het waren, met uw welnemen, allen die de mensheid hebben welgedaan, Confucius, Solon, Socrates, Titus, de Antoniërs, Epictetus, allen grote mannen die, omdat ze de deugden die God verlangt, onderwezen en in praktijk brachten, als enige het recht schenen te hebben zijn vonnissen uit te spreken..." Het was natuurlijk een plagerij aan het adres van de Kerk Christus weg te laten in dit rijtje van hemelse rechters.'

Ik hoop dat de lezers begrijpen wat ik bedoel met 'Taal komt uit de loop van een geweer'. Het is heel eenvoudig: machthebbers (economisch, religieus, militair, liefst gezamenlijk) maken uit welke taal het wint. Taal volgt macht. Het is geen toeval dat het abn Hollands is, en geen Gelders, Fries, Brabants of Limburgs. Dat komt uit het geweer van de zeeprovincies. Ik bedoel met elite dan ook niet een kunstzinnige of culturele elite, ik bedoel gewoon een machtselite. Ik ben op dit moment een beetje onzeker, want ik ontving zo-even, tijdens het schrijven van TAAL, een brief van mijn vriend Tinus Derks, conrector van het Alexander Hegins, die niet alleen namens zichzelf, maar ook namens mijn neerlandistieke vriend Cornelis van Nieuwenhoven, schreef dat ik 'Jongen, je lult maar wat' moest uitvergroten en inlijsten en boven mijn bed moest hangen. Van je vrienden moet je het hebben. (En dat alleen omdat ik me in MENEER E. vrolijk heb gemaakt over leraren die conrector zijn of in commissies zitten. Maar ondanks hun hoon blijf ik bij mijn mening: een leraar geeft les, verder nix.

En wat vertelt hij zijn kinderen dan? Bijvoorbeeld: 'Taal komt uit de loop van een geweer.')

Martiale groeten

zaterdag 24 II 96

(ereburger uit Drop City)

PS Ik heb er spijt van dat ik in de 4de klas van het Spinoza Lyceum niet wist dat Voltaire het christendom een sekte als elke andere vond. Dat heb ik namelijk eens beweerd op school, en daar hebben twee christelijke meisjes over geklaagd, zodat ik bij de conrector, een leraar aardrijkskunde, moest komen om me te verantwoorden. Ik vertelde hem dat ik geen verschil zag tussen een Hottentot die een steen vereerde en een christen die boog voor het kruis. In beide gevallen is er niets te controleren, je zou kunnen zeggen dat de Hottentot en de christen beiden vertoeven in de wereld van het woord. Dit is de wereld waarin alles ook zijn tegendeel kan zijn. Maar ik had natuurlijk veel liever gezegd: 'Voltaire is het met me eens.' Hoewel ik er niet zeker van ben dat die lul Voltaire kende. Hij teemde wat over tolerantie, maar ik begrijp niet wat het met tolerantie te maken heeft als je de grondslagen van een grote godsdienst vergelijkt met die van een kleine, en dan uitkomt bij lood en oud ijzer. Dat heb je ervan als je niet weet dat in de wereld van de woorden alles mogelijk is. Ik bedoel hiermee hetzelfde als de sceptici. En omdat *De verbeelding van het denken* toch nog op tafel ligt, zoek ik op wat er over het scepticisme gezegd wordt, en ik vind iets waardoor ik zo blij word als een kind. Het gaat om de afsluitende alinea van dit hoofdstuk: 'Zoals gezegd is het scepticisme als een afzonderlijke en principiële wijsgerige stroming ontstaan in de Academie, bij

Arcesilaus, de vijfde opvolger van Plato, en Carneades, de stichter van de Nieuwe Academie. De stroming wordt ook wel pyrrhonisme genoemd, naar Pyrrho (360-270), die onder invloed van onder anderen Democritus en Protagoras leerde dat wij de dingen alleen maar kennen zoals ze ons verschijnen, niet zoals ze in werkelijkheid zijn, en dat tegenover de ene uitspraak altijd de tegenovergestelde verdedigd kan worden. *Voor de praktijk van het leven heeft dit niet noodzakelijk negatieve gevolgen, omdat die haar eigen eisen stelt die buiten het bereik van de filosofie liggen.*'
Ik schreef Tinus Derks dat hij zich MENEER E. niet moest aantrekken, het waren alleen maar woorden. Ik bedoelde dat de praktijk van het leven haar eigen eisen stelt, maar hij begreep me niet en schreef terug: 'Kijk naar je eigen!'
Terwijl ik dat juist deed.

M.

HEMEL

De dag voordat mijn dode vriend Rinus tot as zou vergaan, bezocht ik hem nog eenmaal. Hij lag in zijn kist en droeg een bril. Veertig jaar geleden, toen ik hem voor het eerst zag, had hij ook een bril op. Ik kwam als nieuweling op de academie, hij zat er al enige jaren. Ik zag tegen hem op, ik beschouwde hem als een prins. Misschien is het vanuit de biologie te verklaren, misschien vanuit de cultuur, maar we moesten als initiatierite even vechten. Niet vinnig en fanatiek, maar gemoedelijk, omdat het nou eenmaal in de reglementen van het leven stond. Ik sloeg zijn bril van zijn neus. Hij viel in tweeën op de marmeren vloer voor het schilderslokaal. Rinus maakte theater. 'Een brief naar de koningin,' zei hij, 'je moet een brief naar de koningin schrijven, zij beheert een fonds voor gebroken brillen.' Ik was verbaasd, ik wist niet dat er zulke dingen bestonden, ik kwam van de stille kant van de maatschappij, van de lijzijde, Rinus kwam van de tegenovergestelde kant, hij kende de weg. In dit geval zat hij er overigens een beetje naast, het was niet de koningin die het gebroken-brillenfonds beheerde, het was de koningin-moeder, prinses Wilhelmina. Ik schreef haar een brief, die zij helaas niet persoonlijk beantwoordde, dat deed haar secretaris. Hij schreef dat de prinses het met mij eens was, de onfortuinlijke schilder kon niet zonder bril, wat zou er van de kunst worden? Het geld zou overgemaakt worden, hij kon het vanaf ... halen bij het postkantoor aan de ... straat. En dat gebeurde. Na deze succesvolle start beschouwde Rinus mij als zijn persoonlijke schrijver en dat hebben ontelbare instanties geweten.

Nu hij dood is, zou ik dit krantenstukje aan hem willen opdragen. Ik weet niet of zoiets gebruikelijk is. Zelf heb ik het nog nooit gezien. Romans, gedichten en proefschriften dragen vaak de namen van hen die in stilte hebben geleden in de huiskamer, terwijl de schrijver jaar in jaar uit op zolder zat te schrijven. Op de smetteloze pagina voorin staat dan Voor *Annie, zonder wie ik dit werk* etc. Maar op het grauwe krantenpapier, dat de volgende dag al met de nek wordt aangekeken, nee, nooit gezien. Ik draag het aan Rinus op omdat het over een kaart uit Cuba en een brief naar Boekarest gaat. Ik denk wel dat hij het zal lezen in de hemel. God zal toch wel abonnementen hebben. Voor Zichzelf waarschijnlijk *NRC Handelsblad* en *de Volkskrant*, want ik ben bang dat de hemel een getrouwe afspiegeling is van de onverbiddelijke aardse hiërarchie. Maar voor de leestafel zal Hij deze krant wel bestellen, een degelijk, plaatsgebonden dagblad dat net zoveel waarheid en leugen in zijn kolommen doet als de landelijke kranten.

Dus ik vertel dit merkwaardige verhaal vooral voor Rinus, die tenslotte communist was. Over zijn schilderijen zei hij altijd: 'Ik biedt ze via het kapitalisme aan de massa's aan. Daar worden ze geparkeerd tot de massa's ze zullen begrijpen.'

Het kon hem niets schelen dat ik altijd lachen moest om deze flauwekul, vooral om het woord massa's, zo'n prachtig bedrogwoord voor in het café. We waren geen politici en we hoefden geen partijprogram te schrijven.

Enige maanden geleden kreeg ik een brief van een lezer die me wat vroeg over mijn stukjes in deze krant. Ik antwoordde hem fatsoenlijk, en daarna werd het stil, zoals gebruikelijk bij dit soort briefwisselingen, die meestal bestaan uit een korte rally. Toen kreeg ik plotseling een kaart uit Cuba, een mooie foto van Ernesto Che Guevara. Dezelfde lezer was op bezoek in het arbeidersparadijs en schreef dat hij mij vaak uitknipte en naar Boekarest stuurde, waar een vriend van hem rentenierde van het geld waarvoor hij nooit had gewerkt. De naam en het adres van de vriend stonden erbij. Verder niks. Ik vatte het op als een uitnodiging en schreef een brief naar Boekarest (dat daar blijkbaar als Bucuresti gespeld wordt). In die brief gaf ik geen enkele verklaring, ik beschreef een taalincident, kaal en zonder context. Het ging over een paar woorden van een politieadspirant. De jongen zat in een auto met sleuven in de motorkap. Ik vroeg hem naar het waarom. Hij zei: 'Het is een GSI.' Ik zei: 'Ik heb een zescilinder, 2600 cc.' Hij zei: 'Zet hem er maar naast.' Deze vijf woorden maakten een duistere kracht in me los, ontgrendelden een luik in een sluisdeur, onder water. Ik ging de wedstrijd aan, we reden veel te hard in de bebouwde kom en ik won slechts door wederrechtelijk te passeren op een verdrijvingsvak. Als ik voor de rechter had moeten komen, had ik slechts de waarheid kunnen stamelen. 'Het kwam door de taal, edelachtbare. De Woorden hebben me buiten zinnen gebracht. Zo'n prachtige zin, zoveel verborgen schoonheid: *Zet hem er maar naast.*' Rinus had deze onverwachte passie zonder meer begrepen, en als hij rechter was geweest, was ik vrijgesproken.

En via Cuba is dit anarchistische gedrag bij een vreemde in Boekarest gekomen, bij een man wiens gezicht ik niet ken en die niet weet dat Rinus dit nu ook leest, aan een leestafel in de hemel. Hoewel ik daar niet zeker van ben, de hemel en de massa's heb ik nooit vertrouwd. Maar voor Rinus maak ik in beide gevallen een uitzondering.

Geachte heer Van der Moer,

Rinus heeft me twee keer met de royalty in aanraking gebracht. De tweede keer was bij Beatrix op Drakensteijn. Hij exposeerde daar en werd zo dronken dat hij de prinses op haar billen sloeg en 'Ha, die Trix' riep. Ondanks zijn vérgaande staat van dronkenschap droegen enige lakeien hem naar zijn auto en lieten hem naar Den Haag rijden. Zijn auto was onbeschrijfelijk beschadigd toen hij thuiskwam, maar zijn koninklijke missie was voltooid.

Bij de crematie waren zeer veel mensen aanwezig. Omdat iedereen dacht dat hij de enige was die Rinus kende, was er verbazing. Wim Beeren zei: 'Ik dacht dat Rinus drie mensen kende,' en keek verbaasd naar de menigte.

Er werd ruim tijd genomen voor spreker-muziek-spreker-muziek-spreker-muziek. Ook muziek van Rinus zelf. De laatste spreker was Dylan Thomas—hij liet de dood zingen.

And Death Shall Have No Dominion

And death shall have no dominion.
Dead men naked they shall be one
With the man in the wind and the west moon;
When their bones are picked clean and the clean bones gone,
They shall have stars at elbow and foot;
Though they go mad they shall be sane,
Though they sink through the sea they shall rise again;
Though lovers be lost love shall not;
And death shall have no dominion.

And death shall have no dominion.
Under the windings of the sea
They lying long shall not die windily;
Twisting on racks when sinews give way,
Trapped to a wheel, yet they shall not break;
Faith in their hands shall snap in two,
And the unicorn evils run them through;
Split all ends up they shan't crack;
And death shall have no dominion.

And death shall have no dominion.
No more may gulls cry at their ears
Or waves break loud on the seashores;
Where blew a flower may a flower no more
Lift its head to the blows of the rain;
Though they be mad and dead as nails,
Heads of the characters hammer through daisies;
Break in the sun till the sun breaks down,
And death shall have no dominion.

Vriendelijke groet

22 IV 96

HUIS

Mijn vrouw is ziek en dat verandert mijn leven drastisch. Ik beheers namelijk slechts drie keukenhuishoudelijkheden: ei bakken, thee zetten, brood bakken. Om thee te zetten breng ik water in een fluitketel aan de kook. Bij de fluittoon kookt het water en zet ik het gas af. Ik giet het water in een theepot waarin ik een theezakje heb gehangen. De theepot zet ik op een warmhoudplaatje. Als ik een ei ga bakken, zet ik een koekenpan op het vuur, doe er een scheut olijfolie in, wacht even op de hitte, tik het ei met een mes open en laat het in de pan vallen. Als het er als een glimmend tijdschriftplaatje uitziet, leg ik het op een boterham. Brood bak ik al vijfentwintig jaar dagelijks. Dat komt omdat ik een Hobart bezit, een professionele, ontilbare deegkneedmachine. Ik doe een beetje lauw water in een kannetje waarin ik een klontje gist laat vallen en een schepje suiker. Daarna doe ik meel in de mengkom van de machine, en een eetlepel zout. Vervolgens roer ik het water-gist-suikermengsel en giet het op het meel. Dan zet ik de Hobart aan, die het karwei klaart. Terwijl ik naar het mechanische kneden sta te kijken, denk ik aan de merkwaardige uitdrukking *het karwei klaren* en neem me voor het etymologisch woordenboek te raadplegen, want ik wil nu eindelijk weleens weten wat het woord *klaren* betekent. Dat stel ik dan uit tot de volgende dag, zodat ik al vijfentwintig jaar onwetend op deze drempel sta. Als de Hobart klaar is, doe ik het brood in vormen die ik ingevet heb met alweer olijfolie. Daarna laat ik ze een uurtje rijzen en bak ik ze in de gasoven. Soms, als ik een rurale bui heb, doe ik ze in de oven van de tegelkachel, die met hout gestookt wordt. Heel zelden, want ik heb geen zin het ding zo hard te stoken—het kost zoveel hout om hem op tweehonderdtwintig graden te krijgen.

Dit is wat ik kan, en ik geef toe, het is niet veel. Ik wil deze gebrekkige kennis nog met twee opmerkingen aanvullen. Ik gebruik olijfolie in plaats van boter, omdat ik gelezen heb dat de volkeren om de Middellandse Zee minder hartklachten hebben dan wij en kenners van het menselijk lichaam schrijven dat toe aan olijfolie. Ik probeer in mijn leven het midden te houden tussen culinair hedonisme (sigaren, whiskey, krabcocktails) en calvinistische soberheid (karnemelk, roggebrood, spruitjes). Op deze zelfbedachte weegschaal leg ik nu en dan wat aangewaaide kennis (olijfolie, lichaamsbeweging, nachtrust, zemelen). Mijn tweede opmerking betreft de suiker. Een scheikundige collega heeft me ooit verteld dat suiker op de gist een of ander proces in werking zet. U merkt aan mijn woordkeus (een of ander proces) dat ik geen idee heb waarover ik spreek, maar genoemde collega was niet zomaar een scheikundige die zijn trieste dagen op een middelbare school sleet, hij was *gepromoveerd* in dat vak en voor mij dus een Onaantastbare Autoriteit. Sindsdien heb ik altijd suiker bij de gist gedaan. Ik realiseer me dat ik lijd aan een verontrustende vorm van maatschappelijke schizofrenie. Als een Autoriteit uit Den Haag of uit de gemeenteraad van het dorp waar ik woon iets beweert, voel ik meestal lacherig dédain, maar de eerste de beste intellectuele wijsneus kan me kneden als was.

De eerste dagen van het ziekbed haal ik patat, gebraden haan en runderkroketten bij de Kwalitaria (de uitvinder van dit woord verdient een prijs). Het bakmeisje leeft geheel buiten de werkelijkheid, want als ik vraag of de kroketten van Engelse makelij zijn, kijkt ze me ontzet aan, alsof ze me herkent van Opsporing Verzocht.

Na twee dagen probeert mijn vrouw het—zou ik een poging tot koken willen doen? Ik zit naast haar bed met papier en potlood. Dan kook ik. Na iedere handeling loop ik naar de ziekenkamer, pan in de hand, ik laat elke fase en elk ingrediënt controleren. Er ontstaan echte, volwaardige maaltijden. Mijn vrouw prijst mij, alsof ik iets anders was dan het willoze verlengstuk van haar hand.

Ik moet echter benadrukken dat mijn imbeciliteit zich beperkt tot de keuken. De rest van het huishouden gaat mij niet alleen gemakkelijk af, ik vind het ook heel bevredigend. Was in de machine doen, luisteren naar het werk van het water en het waspoeder, vervolgens de natte boel overladen in de centrifuge, luisteren naar het onstuitbaar op toeren komen van de trommel, de handen op het snorrende mechaniek leggen, de was ophangen in de wei, onzichtbaar tussen bomen en struiken, luisteren naar de vogels, vergelijk dat eens met het armzalige leven van bijvoorbeeld de voorzitter van de raad van bestuur van ABN AMRO.

Stofzuigen is eveneens een mooie, bevredigende en afgeronde bezigheid. De machine is heel duidelijk, hij beweegt zich naar het stof en zuigt het op. Mijn handen besturen hem soepel, er is geen sprake van dwang of bittere autoriteit.

Maar het mooiste van dit alles is wel het vrij blijven van het hoofd. Terwijl ik werk denk ik rustig aan Thomas Tallis, die leefde van 1505-1585, en dus zo oud is geworden als de man die het precieze midden weet te houden tussen runderkroketten en gestoofde bietjes. Of ik denk aan 'De trein van vijf uur achtenveertig', een verhaal van John Cheever dat een man in een rolstoel eens 'het beste verhaal uit de wereldliteratuur' heeft genoemd. Die man was een autoriteit, maar ook zonder dat was ik het met hem eens geweest.

Leven in en om het huis is het meest volledige leven dat ik ken. Dat ik iedere ochtend om acht uur het erf moet verlaten en om vijf uur terugkeer, beschouw ik als een straf.

Kinderachtige mannen verlangen daarnaar. Echte, volledig levende mannen, macho's dus, wonen dag en nacht in hun huis, bereiden ingewikkelde maaltijden, leggen vloeren, zuigen stof, luisteren naar de *Lamentations of Jeremiah* van Thomas Tallis, doen de was, drinken whiskey, eten spruitjes en minachten autoriteiten in streepjespakken (van welke bank of regering dan ook). Ik zou deze opsomming nog flink kunnen uitbreiden, maar ik moet ophouden, ik moet boodschappen doen.

Geachte heer Van der Moer,
Zaterdagavond werd ik opgebeld door de 73-jarige muziekleraar Martin Nuis uit Lochem. Hij vroeg: 'Wat doet De Ceder in je stukje?' Ik begon het hem uit te leggen, maar daarvoor belde hij niet, hij wilde laten weten dat hij de regels herkend had.
Speciaal voor hem heb ik Thomas Tallis ingelast. Ik had nog nooit van de man gehoord. Zijn *Lamentations* werden op de begrafenis van Rinus vd Bosch gedraaid. (Nu ik deze woorden opschrijf, realiseer ik me voor 't eerst dat hij dood is, en kan ik 't niet geloven. De dood is een verrassing waaraan je niet kunt wennen. Het lijkt alsof je je erbij neerlegt, maar dat is je maatschappelijke overlevingstechniek. Als je onbespied bent, is de schok telkens even groot als de eerste keer, en even verrassend.)
Van zijn weduwe kreeg ik zijn *Lamentations of Jeremiah*, die ik nu de hele dag beluister.
De Onaantastbare Scheikundige Autoriteit was niet alleen de enige gepromoveerde leraar op het Alexander Hegius, hij was ook de eerste (en waarschijnlijk laatste) kennis die op de Centrumpartij stemde. Ik geloof dat hij maar één argument had: net nu we Staphorst er een beetje onder hebben in onze cultuur, halen we honderdduizenden Staphorsters binnen. Hij had slechts oog voor de fundamentalistische kinderfokkerij, en was te rechtlijnig om te vermoeden dat cultuur altijd geschifte derrie is.
De andere Autoriteit ken ik alleen uit een verhaal. Ik gaf Verhave, die in een Amsterdams revalidatiecentrum de gevolgen van zijn dwarslaesie in kaart bracht, de verhalen van Cheever cadeau. Op een dag reed hij met het boek op zijn schoot in zijn rolstoel over de gang, toen hij werd aangesproken door een flamboyante medebewoner. Deze man had hij al vaak vanuit de verte bekeken, hij droeg een grote zwarte hoed en een wapperende rode das. Hij was professor in de Engelse en Amerikaanse letterkunde en bezat een dominante persoonlijkheid. Hij praatte met vuur op Verhave in, die er beduusd bij zat. Voordat hij wegrolde, zei de professor:

‘A propos, in dat boek staat het beste verhaal uit de wereldliteratuur, “De trein van vijf uur achtenveertig”.’
En nu wil ik U ook eens iets bijzonders vertellen: toen mijn jongste zoon zonder enige voorkennis de verhalen van Cheever had gelezen, en ik hem daarna terloops, in een huishoudelijk telefoongesprek vroeg wat hij ervan vond, zei hij: ‘Dat verhaal over die man en die vrouw in die trein, met dat pistool, dát vond ik een verhaal.’
Dat was, u begrijpt het, ‘De trein van vijf uur achtenveertig’.
Het duizelde me, want tegen mijn gewoonte in geloofde ik in de gezamenlijke betovering van kwaliteit.

Vriendelijke groeten
(roodwachter)

6 V 96

AMOR FATI

Terwijl ik op de plantmachine zit en 4000 salieplanten met hun voeten in de aarde zet, doet mijn jongste zoon (die trouwens ook al vierentwintig is) aan conceptuele kunst.

Deze plantmachine heeft twee zadels en is gemonteerd op de hef van de tractor. L. zit rechts, ik zit links. Zij heeft het al vaak gedaan, want zij is de vrouw van de patron, die de tractor bestuurt. Ik doe het voor het eerst.

Een mes scheurt de aarde open, een wiel draait boven de vore en laat het kwetsbare plantje los, twee schuingeplaatste, diepergaande wielen drukken de aarde aan twee kanten aan. Het precieuze deel van het mechaniek is het hamertje dat het plantje vasthoudt en niet kapot drukt. Dit is te danken aan een hol, rubberen kopje dat de zachtheid heeft van een strelende vinger. Er zitten acht van deze vingers op elk wiel, het is een wonder van begrijpelijk vernuft. Ik voel grote dankbaarheid jegens de mens als ik de salieplantjes in keurige rijen op hun plaats zie staan, al besef ik dat een mitrailleur met dezelfde liefde en aandacht is gemaakt. En dat de mens geneigd is tot alle kwaad merk ik ook aan het toerental van de tractor. Als we eenmaal het juiste ritme hebben gevonden, geeft de patron, zogenaamd ongemerkt, wat gas. En meteen moeten wij ook een versnelling hoger, maar dat doen wij niet, wij zijn geen arbeiders aan de lopende band in Manchester 1837, wij schreeuwen verontwaardigd ho en hij bindt in, maar wij zien de teleurstelling zelfs op zijn rug.

De patron heet W., hij wil absoluut niet dat zijn naam in de krant komt, maar na enig morren en dreigen van mijn kant stemt hij toe dat ik onthul dat hij zijn land bebouwt in het dal Quint. Hij heeft hectaren kruiden onder zijn beheer, maar wil niet dat zijn naam in de krant komt. Wat dat betreft lijkt hij op een echte boer, maar ikzelf heb daar mijn eigen ideeën over. Ik beschouw hem bijvoorbeeld als een taoïstische meester. Maar ook dat is tegen het zere been, hij maakt zijn ogen klein en kijkt mij vol wantrouwen aan.

'Rustig,' zeg ik, 'ik leg het je uit.' 's Middags hebben we een afspraak bij zijn huis, we zullen het veld goudsbloemen bekijken. Ik ben iets verlaat, hoogstens vijf minuten. Als ik arriveer, zit hij voor zijn huis in zijn auto te slapen. Dit maakt grote indruk op me, ik zeg dat alleen een taoïstische meester van binnen zo schoongewassen kan zijn dat hij altijd en overal kan slapen. Hij kijkt mij aan of ik hem beduvel, maar ik bezweer hem dat ik een ernstige waarheid spreek, en voor de vorm zweer ik bij het licht in de ogen van de here Jezus. Nu gelooft hij mij schoorvoetend, hetgeen niet wegneemt dat hij de Tao met een korrel zout neemt.

Intussen is mijn zoon bezig met conceptuele kunst. Hij heeft een mes gekocht, een prachtig Duits mes, dat moet ik toegeven. Ik dacht echter dat het tien gulden kostte, maar hij blijkt er 250 francs voor te hebben betaald, bijna 90 gulden. Ik ben verbaasd, maar omdat het mijn geld niet is, verzoen ik me met deze extravagantie. Met een bijl klooft hij een mooi stuk hout en snijdt met zijn nieuwe mes een helft in bootvorm. Dan maakt hij aan weerszijden een drijver en trekt een schoon overhemd aan. In zijn tas doet hij het fototoestel en zijn schildersspullen. Samen met zijn zuster en zijn verloofde daalt hij af naar de Sure, een snelstromend riviertje dat zich opgewonden door zijn rivierbedding rept. Zittend op een steen aan de oever schildert hij *Amor Fati* op het dek van de boot. Terwijl de meisjes van alle kanten foto's maken, laat hij het schip te water. Het moet varen over de Sure naar de Drôme en over de Drôme naar de Rhône en over de Rhône naar de Middellandse Zee. Dat is nou conceptuele kunst. De foto's van de tewaterlating en de eerste nautische meters van het tragische schip wil hij in een verzorgd mapje doen en mij verkopen voor drieduizend gulden, een vriendenprijs, zegt hij, want het Stedelijk

Museum wil er het drievoudige voor geven. Ik wil het er wel voor betalen, ik ben een liefhebber van conceptuele kunst. Maar er komt een kink in de kabel en een spaak in het wiel. De *Amor Fati* is weliswaar zeer zeewaardig, maar door de drijverconstructie makkelijk te stuiten door obstakels in de wilde bergrivier. De Middellandse Zee wordt niet gehaald, reeds na twintig meter loopt het scheepje vast. In zijn conceptie van conceptuele kunst mag niet geprobeerd worden. Daarin lijkt deze kunst op het leven, alle partjes tijd zijn eenmalig, weg is weg. De teleurgestelde kunstenaar moet weliswaar zijn leven wagen om het ding uit een cataract te vissen, maar dan is dit conceptuele kunstwerk ook definitief mislukt. Op een bergweg overhandigt hij het mij plechtig. 'Voor jou, vader,' zegt hij. Ik heb tranen in mijn ogen, ik ben een liefhebber van mislukkingen.

Geachte heer Van der Moer,

Ik correspondeer met mijn oude vriend Möricke over *taal*. Je zou kunnen zeggen dat 't een debat is (ware het niet dat wij niet kunnen debatteren). Hij neemt een precies standpunt in, ik een rekkelijk. Er is in dit land niets veranderd sinds de synode van Dordrecht. Ik denk dat U het met hem eens bent, en niet met mij.

Ik vergelijk de taal met de zee, grillig en ontembaar. Hij denkt dat Rijkswaterstaat de baas is, waar ik dan weer om lachen moet.

Ik moest eraan denken toen ik cataract opzocht in het etymologisch woordenboek, en zag hoe 'staar' uit een fout woord ontstond.

cataract [waterval, staar] **middelnl.** *c(h)ataracte* [grauwe–staar] <**lat.** *cataracta* [valpoort, waterval]<**gr.** *katarraktès* [omlaagstortend, steil, valdeur], van *kata* [neer] en *(a)rassein* [slaan]; de betekenis 'staar' ontstond in me.**lat.** door verkeerde weergave van **ar.** *ma'* [water, staar] (vgl. het verwante **majem**) door het woord voor waterval *catarracta*.

De 4000 salieplanten zaten er in tweeëneenhalf uur in, maar dat was geen volledige planttijd, er moest ook gesleuteld worden. Want als één veertje niet meer wil, staat heel het radarwerk stil.

Agricolische groeten

28 V 96

HART

De oudste droom van de mens moet de vogeldroom geweest zijn. Een echte droom, onuitvoerbaar. De andere dromen—macht, rijkdom, de vrouw van de buurman—liggen binnen handbereik en verspreiden een ordinaire geur. De afgelopen herfst heb ik van mijn kleindochter twee witte duiven cadeau gekregen. Ze woonden in een ruime volière waar ze heen en weer konden vliegen, en waren erg tam. Als ik binnenkwam, raakten ze niet in paniek, ze bleven rustig zitten en keken me welwillend aan, de man met het voer. Ik dacht dat ze de organisatie van hun verdere leven begrepen. Ze waren terechtgekomen in een vredelievende omgeving, ze zouden niet opgegeten worden en hoefden niet door storm en hagel vanuit Corneil naar Holland terug te vliegen om een prijs voor mij te verdienen. Maar op een ochtend waren ze toch verdwenen, er was een draagbalk van het volièredak gebroken en die had een gat in het gaas gemaakt. De vogels waren gevlogen. Nog dagen heb ik boomtoppen en belendende daken afgespeurd, ik heb zelfs stilletjes gebeden, want ze waren tenslotte een geschenk van mijn kleindochter, die me weliswaar regelmatig verblijdt met kleine, gekleurde scherfjes en nietige bloemetjes die zelfs te klein zijn voor een borrelglaasje, maar echte, witte duiven, vol veren en koergeluiden, dat is toch iets anders. Bidden doe ik niet zo vaak, omdat ik niet het idee heb dat er iemand luistert, maar in het geval van witte duiven is het iets anders, die dienen de vrede, wonen in de hemel, en kunnen gemakkelijk als een materialisatie van de ziel beschouwd worden. Nu is het niet zo dat ik als een barse pater familias de maaltijd begon met 'Here, zegen deze maaltijd en geef mij alstublieft mijn duiven terug, amen', ik prevelde in stilte, over mijn erf slenterend, en ook zelf goed oplettend, je moet de Heer een handje helpen. Maar ze zijn weggebleven, wat ik me goed kan voorstellen, want als de vogeldroom voor een *vogel* werkelijkheid wordt, is het hek van de dam. Je bent de eigenaar van alle mogelijkheden, je hebt slagpennen en kleine donsveertjes, je hebt een vederlicht skelet en je kunt sturen met je staart, je kent de coördinaten van de aarde, je hebt gevoel voor de thermiek en je kent de gevaren van de G-krachten als je een duikvlucht maakt. Je zou dus wel gek zijn om in een hok te gaan zitten als je daarboven ontdekt hebt hoe het voelt om te vliegen. Mijn twee witte duiven zijn in euforie geraakt en verdwaald. Iets dergelijks is Icarus overkomen. Die hield zich in het begin van zijn tocht ook aan de raadgevingen van zijn vader, die de vleugels geconstrueerd had. Maar al vlug werd hij autonoom en begon dingetjes te proberen. Misschien ging hij te hoog zodat de was van zijn vleugels smolt, misschien te laag zodat de vleugels te zwaar werden van mistige zeedampen, ik weet het niet meer, ik ben vergeten wie me het verhaal vertelde. Maar iedereen weet hoe het afliep, hij viel in zee, en er is nooit meer iets van hem vernomen. Breughel heeft de val van Icarus geschilderd zoals het leven is: het gaat onverstoorbaar door, de boer ploegt voort en het schip zeilt verder, niemand heeft de kreet of de plons gehoord. De schilder laat alleen nog het been van de ongelukkige zien, een detail in de onmetelijke zee.

Met deze gedachten ga ik vliegen. Ik ben een man van de twintigste eeuw, de vogeldroom is uitvoerbaar gebleken. Op Teuge wacht een lesvliegtuig van de marine, op het terras zit de instructeur, hij is jong en rustig, hij leest de krant, hij koestert geen extreme ideeën over de maatschappelijke orde, hij is terecht geselecteerd voor dit beroep, hij mag het territorium van adelaars en spreeuwen het zijne noemen, ik leg mijn leven in zijn handen. We gaan vliegen in een Bonanza van de KLM. Die naam klinkt niet geruststellend, ik moet denken aan Amerikaanse teenagers die lachend en pret makend een Volkswagen Kever hebben omgebouwd tot vliegtuig en het ding de naam hebben gegeven van hun favoriete tv-serie. Maar dit vooroordeel op een woord blijkt onjuist. Integendeel, de Bonanza geldt als de Rolls Royce onder de eenmotorige vliegtuigen. De drie gasten mogen zelf kiezen wie er naast de piloot mag zitten. Er wordt een snelle, vanzelfsprekende schifting gemaakt, de jongste mag voorin, naast de instructeur. Hij is na de oorlog geboren en dan ben je jong. De twee anderen zijn van 1937 en moeten dus achterin. Meteen als we van de grond los zijn en boven paleis Het Loo vliegen, slaat de schrik ons om het hart: onze jonge kameraad, die nog nooit in de lucht is geweest, blijkt het toestel te besturen. Ik zie dat er naast me een kruisje wordt geslagen. Dat gaat me te ver, maar ik moet wel aan Icarus denken. We vliegen boven bekende plekken, stadjes, rivieren, kastelen en autowegen. We vliegen boven stukken aarde waar onze voetstappen bij duizenden zijn ingestampt. We zien tekenen van bekenden, we zien vertrouwd aards leven. De instructeur leidt de machine naar vliegveld Twente, waar onze jonge, onervaren kameraad warempel een pseudo-landing maakt. Hij vliegt enige meters boven de landingsbaan en trekt vervolgens abrupt op. Ik vecht tegen mijn misselijkheid maar durf geen zakje te vragen, de generatie van voor de oorlog wordt snel van zeurderigheid beschuldigd, je bent afgeschreven voor je het weet. Op de terugweg vliegen we een rondje over mijn erf. Gelukkig maar, want mijn vrouw heeft van witte stroken papier een hart neergelegd. Dat wekt verbazing (en misschien wel vertedering) in de cabine. Na meer dan dertig jaren huwelijk nog een papieren hart in de tuin—de oude waarden zijn nog niet verloren. Ik zie haar en mijn dochter zwaaien op het pad, ik zie de honden lopen en de varkens in hun wei liggen. We zijn nu dicht bij het vliegveld en de instructeur zet de vogel Bonanza zonder een schok aan de grond. Thuis kijk ik naar het grote hart op het grasveld. De duiven zijn er nog niet.

Geachte heer Van der Moer,

Wat er niet in het stukje staat is dat ik 's nachts wakker werd van een zware regenbui die nieuwe en onbekende lekkages bracht. (Ik moet me preciezer uitdrukken: één nieuwe, monotone tik in de buurt van mijn hoofdeinde.) Ik pakte een lantaarn en ging naar de zolder. Tot mijn plezier zag ik dat mijn reparaties zich goed hielden, maar die ene, die me zo irriteerde, kon ik niet ontdekken. Maar slapen ging ook niet meer, hoewel de bui ermee ophield en alles weer erg stil werd. Daarom pakte ik Cheever weer en las een dagboekaantekening uit 1962 die mij het slapen nog moeilijker maakte (hoewel ik niet in een comfortabele boerderij woon). Ik las: 'Licht en schaduw, aangename en dissonante klanken, het gezang van de schoonmaakster en het bonzende geluid van de wasmachine komen aan als een serie opdoffers. Ik kan me niet concentreren op de verhalen die ik moet schrijven zonder een verscherping van de inwendige pijn. Ik kan geen termen of beelden van rust bedenken. Ik geef mezelf alle privileges van een leugenaar, maar mijn leugens en bedenksels hebben geen overtuiging. Er is niets. Geen extase, geen rust, alleen een geforceerde illusie daarvan. De tijdspanne tussen leven en sterven is kort en ingrijpend, en de menselijke ziel wordt niet kenbaar in comfortabele boerderijen en enorme monumenten, maar in vierderangs hotelkamers, onwelriekend en obscuur. Dat is alles. Er is niets. Moe maar slapeloos, geil maar alleen, radeloos, dronken, bij het raam zitten aan de luchtschacht in een ander land: dat is het beeld van de mens. Ik herinner me al die hotels in binnensteden, het Carlton in Frankfurt, het Eden in Rome, het Palace in San Francisco, hotels in Hollywood, Innsbruck, Toledo, Florence. Daar is de menselijke ziel, venerisch, eenzaam, ontheemd. De rest—het verkwikkende ochtendlicht, mooie muziek, de torens en de zeilboten—het zijn fantastische creaties, ontwijkingen, leugens, platheden en plichtplegingen, een armzalige poging om de waarheid te verhullen.'

Ik bleef tot de ochtend wakker en dacht na over de ritmische overeenkomst tussen *Here here geef mij mijn duiven terug* en *Vare vare redde mihi legiones*.
(Zou er een wezenlijk verschil zijn tussen kleine en grote wanhoop? Met andere woorden: tussen mij en keizer Augustus?)

Comfortabele groeten in het ochtendlicht
(noodwachter)

1 VII 96

LASSER

Mijn jongste zoon is kunstenaar, hij werkt in een café om zijn geld te verdienen. Na zijn diploma gehaald te hebben aan een erkende kunstacademie heeft hij een jaar gewerkt als kunstenaar. Overdag zat hij aan een tafeltje kunst te maken, 's avonds schonk hij bier en jenever in een rokerig café. Gelukkig rookt hij zelf ook, want het lijkt me pijnlijk een ziekte op te lopen door de gewoonten van anderen, het is beter zelf schuldig te zijn aan je eigen verdriet. Een paar maanden geleden wilde hij weer ingebed zijn in een geïnspireerde omgeving en stuurde werk in voor een post-academiale opleiding. Er waren veel kandidaten en weinig plaatsen, maar hij werd aangenomen. Ik was trots. (Als hij niet was aangenomen, was ik ook trots geweest. Dan had ik weer een ander type redenering gevolgd. Ouders moeten hun kinderen niet kleineren, ze moeten altijd trots zijn. Het gezin is de samenleving. Trots is het cement van het gezin. Zonder trots desintegreert de samenleving en dondert het gebouw in elkaar.)

Hij kreeg een atelier aangewezen op een klein industrieterrein in Amsterdam. Ik ging kijken, samen met mijn vrouw. We hadden gekampeerd in de Kennemer Duinen, geluisterd naar het krijsen van de meeuwen en 's nachts gekeken naar een man die in zee stond te vissen met een lantaarn op zijn hoofd. Handig, beide handen vrij voor hengel en aas. Op de terugweg deden we het industrieterrein aan. De ateliers bevinden zich in een stevig, centraal verwarmd gebouw. Het was zondag, er was weinig activiteit. Op straat stond een stellage van betonijzer, er hingen letters in die taal geworden waren. Ik las: OP DE DERDE VERDIEPING KAN GELAST WORDEN. Dit leek me een nuttige mededeling, maar mijn vingertoppen en haarwortels gingen tintelen door de woorden daaronder: LASSEN IS LEUK. Een naïeve, ontwapenende tekst die mijn instemming heeft.

De lasser liet meteen al bij de lift zien uit welk hout hij gesneden was. Er werkt daar ook een kunstenares die heel klein gebleven is, ze kan niet bij de deurkruk en ook de knop voor de lift zit te hoog voor haar. De lasser heeft iets voor haar gemaakt dat me in verrukking brengt. Het elektronische tijdperk is niet aan mij besteed—alles is te klein, te mysterieus en te ver weggemoffeld. Ik houd van zichtbare en controleerbare bewegingen. Dat is hier het geval: als je vlak bij de grond leeft en je wilt de lift roepen, trek je aan een stukje ijzer dat aan een draad hangt. Ter hoogte van de bedieningsknop komt via scharnieren en katrollen een kromme, ijzeren vinger in beweging, die resoluut hetzelfde doet als de vlezen vinger van de liftbezoeker van gemiddelde lengte, hij drukt op de knop. In de lift heb je de keuze uit acht knoppen, en omdat dat de lasser te veel hoofdbrekens kostte, heeft hij een pook aan de wand gehangen waarmee elke knop beroerd kan worden. Het mooie is dat het ophangijzer ook aan de wand gelast is. En in de hoek is een prachtig uitrustStoeltje van gebogen ijzer tegen de wand gelast. Humane kunst.
Mijn zoon vertelt dat de lasser ook een ligfiets heeft geconstrueerd waarmee hij alleen achteruit kan rijden. Ik vraag hoe hij dan kan zien wat er gebeurt op de weg die hij aflegt. (Ik moet denken aan het beeld dat de Grieken van de toekomst hadden: je reisde er met je rug naartoe, je kon alleen de weg overzien die je had afgelegd, je verleden. Een beter idee dan de toekomst tegemoet gaan, je ziet immers niks. Bovendien laat het rugbeeld beter zien dat het leven een reis tegen wil en dank is, eigenlijk iets besmuikts. Ik denk dat dat idee nooit is ingeburgerd omdat het strijdig is met ons diep-positivistische geloof in een stralende, zich steeds verbeterende toekomst. Dat is niet te rijmen met het onbestemde geritsel achter je rug.) Ik ben verbluft door het antwoord: er moet altijd iemand met hem meefietsen die hem op de hoogte houdt van de onzichtbare gebeurtenissen op de weg. En dat is een groot probleem, want toen de ligfietsende lasser een experimentele

tocht van Bloemendaal naar Rotterdam maakte, bleken de twee secondanten niet betrouwbaar genoeg. Nu eens waren ze weliswaar dichtbij, maar babbelziek en ongeconcentreerd, dan weer reden ze zo ver vooruit (de toekomst in, als het ware) dat zich tussen hen en de lasser onvoorziene gebeurtenissen wrongen. Dit gebeurde op een fatale manier in de duinen nabij Den Haag. Twee Duitse toeristen begrepen niet dat ze in de toekomst van de Griek reden (het is verleidelijk te schrijven dat Duitsers altijd denken dat het *nu* is, omdat ze een verleden hebben waar je maar beter niet aan herinnerd kunt worden) en veroorzaakten een botsing die het einde van de ligfiets betekende, het ding knakte.
Toen ik naar huis reed, had ik een gevoel van diepe bevrediging, een warm gevoel toen ik aan mijn belastinggeld dacht. Eindelijk weer eens goed besteed: subsidie voor een jongen die in de duinen liggend de toekomst in reed.

Geachte heer Van der Moer,
Mijn zoon Gijs is niet alleen als een van de weinigen gekozen uit 100 kandidaten, ook binnen die aangenomen groep was hij uitzonderlijk. Van de 10 die erdoor kwamen, hoefden er twee niet eens een gesprek te hebben. Hij was een van die twee. Ik heb dat vanzelfsprekend buiten de krant gehouden omdat er een grens is aan het openbaren van de opgeblazen ziel. De fabrieksramen zitten zo hoog dat de Verkademeisjes niet naar buiten konden kijken (ik sidder van verontwaardiging als ik dit opschrijf: de mens! o, de mens!), maar mijn zoon heeft een reuzentafel getimmerd, waarop zijn werktafel staat. Nu kan hij naar de windtunnel van de Rijksluchtvaartdienst kijken, een mooi bouwwerk met trappetjes en plateaus om naar de wind te kijken. Ik wil U een vraag stellen. Ik hoop dat U antwoordt, want dat zou mijn wankele positie op de politieschool versterken. Leerlingen vroegen me waar *dalven* vandaan komt. Ik zocht het op in het etymologisch woordenboek van Van Dale. Die zegt:

[schooien]: jiddisch dalfon, dalfen (arm, arm man), verklaard als afleiding van de naam Dalfon, een van de tien zonen van Haman, de enige die geen aleph in zijn naam heeft (getalswaarde 1000), Esther 9:7, waarbij hebr. dal (arm) zeker ook invloed heeft gehad. Ik lees Esther (9:6 t/m 10): 'In de burcht Susan doodden en verdelgden de Joden vijfhonderd man, en Parsandalka, Dalfon, Aspalka, Poratha, Adalfa, Aridalha, Parmasta, Arisai, Aridai en Waizatha doodden zij, de tien zonen van Haman, de zoon van Hammedalha, de jodenhater, maar zij staken hun handen niet uit naar de buit.'

Het boek Esther is klein, maar jezus, wat een bloed, wat een intriges! Die christelijke kinderen hebben vóór hun tiende meer doden te verwerken gekregen dan hun tegenwoordige RTL- en Veronica-genootjes.
Maar hoe kan ik nu bij Esther zien dat alleen Dalfon geen aleph in zijn naam heeft? Met andere woorden: wat is een aleph? Woordenboeken en encyclopedieën helpen me niet voldoende. U moet me, als gediplomeerd theoloog, helpen. Hier op school weet niemand het. Het vak Nederlands heeft hier niet veel aanzien, en ik dus ook niet. Als ik met de ontbrekende aleph van Dalfon op de proppen kom, kan ik misschien tot de sluiting van het gebouw blijven.
Ik wacht in spanning en doe U intussen de groeten.

SALIE

Sinds er aan de oevers van de Sure enkele duizenden salieplanten staan die door mijn handen zijn gegaan, voel ik me betrokken bij de landbouw. Het is de bedoeling dat ze er een jaar of tien blijven staan, en zo lang mag ik me dus de morele eigenaar noemen. Meteen, de volgende dag al, wreekt zich mijn ondeskundigheid. We gaan kijken hoe ze erbij staan. Het moet tenslotte een traumatische ervaring geweest zijn voor die fragiele wezentjes. Door vreemde, woelende handen uit de veilige aarde van de kas gehaald, ruw en onverschillig in kistjes gelegd, in een misselijkmakende auto naar het veld gebracht, om ten slotte, het ergste, via de helse carrousel van de plantmachine voor tien jaar op een vaste plaats gezet te worden. (Zijn er actiegroepen die zich het lot van de planten aantrekken en hun positie verdedigen bij de Verenigde Naties?)

Ze staan er mooi bij, stil en meisjesachtig, vol verwijt. Een enkele staat nog een beetje te hoog, die wordt door W. met geroutineerde handen wat vaster in het bedje gestopt. De weeshuisvader.

'Binnenkort ga ik er met de eg over,' zegt hij. Ik schrik, hij is gek, dat kunnen die tere dingetjes nog niet verdragen. Je hoeft geen kenner van de poëzie van Kopland te zijn om te weten welke emoties jonge plantjes kunnen losmaken, ik probeer me in te houden, en vraag geïnteresseerd wat voor een eg dat is die de salie laat staan en het onkruid vernietigt. Hij zegt dat die zo licht is dat hij alleen het net ontkiemde onkruid, witgroene sliertjes van enkele millimeters, te pakken neemt. Ik ben er niet gerust op.

Als ik weer in Holland ben, vol verse herinneringen en daarmee verbonden twijfels (moet ik het roer nog een keer omgooien, moet ik naar Frankrijk emigreren?), ontvang ik een brief van W. Hij schrijft over de Bhagavad Gita die hij aan het lezen is. Ik geloof dat hij het idee heeft dat hij mij moet opvoeden, want hij schrijft pagina's vol met citaten als antwoord op de klacht van Arjuna, die niet wil vernietigen en zich liever laat doden dan het onheil van oorlog over zichzelf en anderen af te roepen. Ik ben wel degelijk geïnteresseerd in die mooie, oude wijsheid uit het Oosten, maar hoe staat het met de salieplanten? Daar schrijft hij over aan het slot van de brief. 'Ik reed al met mijn fijn betande eg over je salieplanten. Ze verdroegen de eg en bleven achter, groen, stevig geworteld te midden van zojuist in de kiem gesmoord onkruid.'

Enkele dagen later komt er weer een brief. De Bhagavad Gita en de rurale werkzaamheden zijn verdwenen, het gaat nu over mijn cynisme. Hij gebruikt een zwaar en pijnlijk woord: hij noemt me een *cijferaar*.

W. is vijfentwintig jaar geleden in het dal Quint gaan wonen. Daar woonden toen alleen nog oude boeren, de toekomstloze jeugd trok weg, het land werd beetje bij beetje prijsgegeven aan de begerige en onverschillige natuur. W. blies een nieuwe wind door het dal. Hij inspireerde de mensen, introduceerde nieuwe gewassen, lokte avontuurlijke aanpakkers, richtte een coöperatie op, wist de overheid te interesseren en ontwikkelde een theorie over de landbouwende mens. Een grote theorie, met nogal wat messianistische trekjes.

Ik luister naar hem en bewonder zijn prestaties. Overdag bewerkt hij zijn velden, 's avonds leest hij aan tafel voor uit de Tora, want hij volgt ook nog Hebreeuwse les bij een gepensioneerde dominee in Die. Hij kijkt niet naar de televisie, en ook dat vind ik een verstandige beslissing, het is nergens goed voor om te weten dat een mevrouw uit Lyon of Purmerend een volledig ingerichte keuken ter waarde van zeventienduizend gulden heeft gewonnen door aan een groot wiel te draaien. Tot zover hebben wij geen meningsverschillen. Die komen pas als hij het dal Quint ten voorbeeld stelt aan de wereld. Dat gaat me te ver—ik voel meer voor

kleine theorieën -, ik denk aan Brussel, aan de landbouwbureaucraten in streepjespakken, en ik denk aan de macht van Unilever.
Ik ben wel op de hoogte van poëtische opvattingen over de vlinderslag in het Andesgebergte die een orkaan in Japan veroorzaakt, of een druppel wijn die, geplengd van de voorplecht van een Grieks schip, tot in alle hoeken van de wereldoceanen zal doordingen, of een vallende appel die het evenwicht in de kosmos verandert, maar dat alles is troost, dat is literatuur, poëzie, filosofie, verbeelding, dat is de wereld van de woorden. Dat is een wereld die je nodig hebt om overeind te blijven in de echte wereld, maar die echte wereld is onoverwinnelijk.
W. houdt echter vast aan de vlinderslag in het Andesgebergte, en hij noemt mij verbitterd een cijferaar. Ik kijk intussen naar een televisieprogramma over de dreigende verstedelijking van de wereld. Over enkele jaren woont de helft van de wereldbevolking in verpauperde mammoetsteden. De salieplanten staan dan waarschijnlijk nog in het dal Quint en hun eigenaar rijdt dromend met zijn fijn betande eg tussen de rijen.

Geachte heer Van der Moer,
Enige weken geleden las ik in *Het Parool* een 'Journaille' waarin de mens een broodkruimel bleek te zijn op de rok van het universum. Zomaar, zonder bronvermelding. De schrijver ging er kennelijk vanuit dat zijn lezers Lucebert kennen.
Ik noem Kopland tenminste nog, maar ook ik ga ervan uit dat iedereen 'Jonge sla' kent:

Alles kan ik verdragen,
het verdorren van bonen,
stervende bloemen, het hoekje

aardappelen, kan ik met droge ogen
zien rooien, daar ben ik
werkelijk hard in.

Maar jonge sla in september,
net geplant, slap nog,
in vochtige bedjes, nee.

Die Kopland moet een zachte, gevoelige man zijn, met zijn sla. Nu ik peetvader ben van al die salieplantjes in Quint voel ik me verwant met hem, maar het zal wel niet meer goedkomen tussen ons, want hij is pissig omdat ik hem een D66-dichter heb genoemd.
Maar ja, ik zoek wel een andere vriend, Gerrit Kouwenaar misschien.

Vriendelijke groeten
Papiergewicht

DIJK

Door omstandigheden sta ik op zondag 11 augustus op een dijk langs de IJssel. Ik sta er van vijf tot zes uur in de middag, stroomopwaarts ten opzichte van Zutphen. Het uitzicht is ongeschonden, de rivier en de wolken zijn tijdloos. Ikzelf niet, ik zit in mijn auto en kijk door de voorruit, ik drink een glas limonade (zelf meegebracht—aangelengde natuur) en rook een sigaar. Ik kijk naar grote Hollandse aken en snelle Duitse proletenjachten met turbo-aandrijving en schaamteloze nationale vlaggen. Ik luister naar een hoorspel van geluiden. Watergeluiden en ijzergeluiden. De eerste komen uit Californië, usa, de tweede uit het centraal station van Keulen. Het is een registratie van het eerste transatlantische hoorspel in de menselijke geschiedenis, in 1987 per satelliet gemixt en tot een werk van kunst gemaakt. Omdat mijn hersens het stadium van de postkoets nog niet hebben verlaten, stel ik me voor dat een satelliet een klein stalen laboratorium is dat boven de Atlantische Oceaan hangt, precies tussen Europa en Amerika, en dat de watergeluiden uit Los Angeles naar dat laboratorium worden geseind en de ijzergeluiden dezelfde weg volgen vanuit Keulen. Vervolgens mengen zich deze twee en komen als een universeel avant-gardestuk terug naar de aarde. Daar bereikt het mijn oor niet (de bestorming van de Bastille hebben ook maar weinig mensen meegemaakt, zelfs Parijzenaars die in de buurt woonden merkten er niets van), maar door toeval hoor ik dit spel negen jaar later, op 11 augustus, kijkend over de IJssel. In het begin ben ik in verwarring, ik wacht op de stemmen, ik weet niet dat de achtergrond voorgrond is geworden en bovendien is wat ik zie in zo'n grote overeenstemming met wat ik hoor, dat ik vermoed dat ikzelf ook ben opgenomen in een onbekend Gesammtkunstwerk. De watergeluiden komen uit een Amerikaanse haven (denk ik), maar het zou ook een brede riviermonding kunnen zijn (hoop ik). Bij de ijzergeluiden uit het station van Keulen moet ik denken aan het verladen van tanks naar het Oostfront, maar dat heeft alleen met mijn geboortejaar te maken, Duitsland is een voor anker liggende democratie en mensen zoals ik moeten het verleden maar eens laten rusten.

Nu komt er een jongen naast de auto staan. Natuurlijk, het is een openbare parkeerplaats, als ik per se alleen wil zijn moet ik niet in Nederland gaan wonen. De jongen luistert mee, de zon schijnt, de ramen en het dak staan open. Dit is een moeilijk moment, moet ik hem aanspreken? Ik spreek vreemden alleen aan als ze met een boodschap op mijn erf komen, en zelfs dan heb ik er moeite mee. Het komt door mijn stem. Als ik mijn stem hoor in een vreemde omgeving, in een stationswachtkamer, in de gang van een ziekenhuis, op een politiebureau of in welke openbare ruimte dan ook, lijkt hij niet bij me te horen. Ik hoor die stem met het stomme deel van mijn lichaam (dat ben ik zelf), en die stem is een vreemdeling. Daarom ben ik graag in Amsterdam, daar wonen mensen die geen last hebben van mijn boerse handicap, daar praten ze onbekommerd met elkaar, op de markt, in de tram, in het café. Meestal is het schaamteloos en dom wat ze zeggen, maar dat doet er niets toe, het brengt leven in de brouwerij en het is leuk om naar te luisteren.

Ik denk dat de jongen een verkapte Amsterdammer is, hij buigt zich naar me toe en vraagt waar ik naar luister. 'Waarschijnlijk kunst,' zeg ik, want ik ben nog niet zeker van mijn zaak. 'Wat is kunst?' vraagt hij. Nu moet ik oppassen, het ligt voor de hand een makkelijk en gelikt antwoord te geven ('Als er kunst op staat, is het kunst.'), maar ik schat deze jongen niet ouder dan zestien jaar en daar moet je als volwassen schoolmeester rekening mee houden. Onder mekaar is cynisme een manier om het hoofd boven water te houden, maar naar buiten is enige aarzeling geboden. Ik zeg: 'Kunst is iets van vroeger, Rembrandt, Vivaldi, Multatuli (die zich op dit moment in zijn graf omdraait). Alle vuiligheid is er afgespoeld, en er is kunst overgebleven. Dat kunnen we nog niet zeggen van de dingen die nu gemaakt worden. Daarbij moet je maar een beetje vertrouwen op je eigen smaak, en op die van je vader.'

Dan zegt de jongen iets wat ik niet verwacht. 'Mijn vader heeft laatst een verhaal verteld over een man en een vrouw die een wandeling maakten over de Chinese muur, hij van noord naar zuid, zij van zuid naar noord. Waar ze elkaar ontmoetten, werd een foto gemaakt, en dat was dan kunst. Mijn vader was kwaad, volgens hem was het geen kunst.' (Ik hoop dat die vader er niet aan toegevoegd heeft dat dit Chinese kunstwerkje van onze belastingcenten is betaald, want ik heb niet veel fiducie in mensen die verontwaardigd over 'onze belastingcenten' praten.) Ik zeg: 'Kunst is vaak bedrog, net als handel, mij kan het niet veel schelen. Ik kijk naar de IJssel en ik luister naar scheepshoorns in een mistige Amerikaanse riviermond, meer is er niet te doen op dit moment.' Ik besluit er een levensles aan toe te voegen: 'Je moet zo min mogelijk oordelen.' Het is schandelijk wat ik doe, want deze jongen moet natuurlijk met bommen en granaten de barricades op, de musea moeten plat en het parlementsgebouw moet in vlammen. Maar ja, dan had hij me maar niet moeten aanspreken.

Geachte heer Van der Moer,

Er is een grote, laffe moeheid over mij neergedaald, ik ben een allesbegrijpende *Beobachter* geworden. Toch word ik nog weleens kwaad. Vorige week vertelde ik nav een proces-verbaal van een Turkse adspirant dat 'er' het moeilijkst plaatsbare woord in onze taal is en dat er belangrijke taalkundigen hun leven besteden aan het onderzoek van de plaats van 'er'. Een zeer Hollands, zeer blond meisje maakte zich kwaad over deze verspilde levens. Toen ik haar uitlegde dat wetenschap een zoektocht in een duister woud is, vroeg ze of het nog wat opleverde. Ze bedoelde of de onderzoekers genoeg verdienden voor een Opel Vectra en drie vakanties (Kreta, Gambia, Aruba) per jaar. Ik zei dat 't wetenschappelijke hoofdambtenaren waren en dat ze begonnen met een salaris waaraan zij aan het eind van haar agentenloopbaan nog niet kon tippen. Ik zei zelfs: 'Vergeet niet, we spreken hier over een intellectuele elite!' Ze keek me woedend aan en ik had haar ook met liefde gewurgd.

Socialistische groeten

2 IX 96

De in 1937 te Amsterdam uit welgestelde familie geboren schrijver A.L. Snijders is waarschijnlijk de enige liberaal-anarchist die les geeft op een politieschool. Niemands meester, niemands knecht, maar desondanks hoofdcommies A. Daarbuiten is hij motorrijder, varkenshoeder en columnist voor een combinatie van regionale dagbladen.

In december 1992 verscheen zijn dubbeldebuut *Ik leef aan de rand van de wereld* en *Het kalme glijden van de boot naar de waterval*. Een jaar later publiceerde hij *De taal is een hond*, het derde deel Berichten aan een Hoofdredacteur. Sindsdien lijdt A.L. Snijders een iets minder teruggetrokken bestaan in het oosten van het land.

COLOFON

NIETS IS ZO MOOI ALS NUTTELOZE KENNIS van A.L. Snijders werd in de zomer van 1998, in opdracht van uitgeverij Thomas Rap te Amsterdam, gezet en gedrukt door drukkerij Hooiberg te Epe. Het bindwerk werd verzorgd door Meppeler Boekbinderij, de omslag en de typografie door Rudo Hartman, Den Haag.

ISBN 90 6005 960 3